U0676199

QING-SHAONIAN
青少年财智故事汇
CAIZHI GUSHIHUI

韩祥平　编著

让青少年
体味生命的真情故事

北京出版集团
北京出版社

图书在版编目（CIP）数据

让青少年体味生命的真情故事／韩祥平编著．—北京：北京出版社，2014.1
（青少年财智故事汇）
ISBN 978-7-200-10300-7

Ⅰ．①让… Ⅱ．①韩… Ⅲ．①故事—作品集—世界 Ⅳ．①I14

中国版本图书馆 CIP 数据核字（2013）第 282050 号

青少年财智故事汇

让青少年体味生命的真情故事

RANG QING-SHAONIAN TIWEI SHENGMING DE ZHENQING GUSHI

韩祥平　编著

*

北 京 出 版 集 团
北 京 出 版 社　出版

（北京北三环中路 6 号）

邮政编码：100120

网　　址：www . bph . com . cn

北 京 出 版 集 团 总 发 行
新 华 书 店 经 销
三河市同力彩印有限公司印刷

*

787 毫米×1092 毫米　16 开本　12 印张　170 千字
2014 年 1 月第 1 版　2023 年 2 月第 4 次印刷
ISBN 978-7-200-10300-7
定价：32.00 元

如有印装质量问题，由本社负责调换
质量监督电话：010-58572393
责任编辑电话：010-58572775

前言　做生命真正的富有者

在物质方面，给予意味着自己的富有。不是一个人有很多他才算富有，而是他给予人很多。

——题记

有一位成功人士这样自述经历：

30年前我还是一个小姑娘，父亲是新英格兰一个小镇的补鞋匠。每天放学以后，我到父亲的小店去帮忙，我的工作是将顾客送来的鞋贴上标签，然后把取鞋票交给他们，可是有一个人不受我欢迎。

我们叫他棕衣人布朗宁。不论春夏秋冬，他总是戴着一顶棕色的羊毛帽子，穿一件棕色的破夹克，磨损的袖子油亮亮的。他白天在街上游荡，到了快打烊的时候，我们的钱匣子也满了，他就会来占我父亲的便宜。一天，眼见闹钟一点一点地移向关门的时间，我突然看见棕衣人布朗宁向我们的小店走来。我看了看自己的表5点30分。于是我急忙把窗口的牌子从"营业"换成了"休息"。希望这样一来可以阻止他进来，但是棕衣人布朗宁还是推门走了进来。

他用干瘦的手推了推破烂的帽檐儿，走过柜台。我可以看到他脸上布满了深深的皱纹。他潮湿的破夹克散发着落水狗的气味。我转过身去，整理着架上的鞋。他径直走到后面，父亲刚刚关上机器。我听见棕衣人布朗宁用低沉的声音说："这几天我的手头有些紧，你看能不能借几个子儿给我买点吃的?"父亲放下手里的工具，走到我所站的柜台边。

"对不起，宝贝儿。"父亲说。他打开钱匣子，拿出了两张一元的票子，将它们递给了棕衣人布朗宁。"别喝酒，布朗宁。"他严厉地说，"给孩子们买一点儿牛奶和面包。"布朗宁点点头，抓紧了父亲递过去的钱。父亲把布朗宁送到门口，看着他确实走进了街对面的杂货店，直到看见布朗宁手里提着一桶牛奶和一袋面包从店里出来，才转身回到小店。

在父亲鞋店工作的那些年里，我看见过多少次这样的情景? 20 次? 30 次? 100 次? 为什么父亲从不抱怨? 他肯定从来没有收回过布朗宁"借去"的钱。现在我已成年了，父亲也退了休，我才问他:

"爸爸，那时你为什么老是借钱给布朗宁? 你知道你借给他的每一分钱，对他来说不过是又多了一分酒钱。难道你不觉得他是在占你的便宜吗?"

父亲在餐桌旁坐了下来，他盯视了我好一会儿。也许他已经听见我多次抱怨邻居借了我家的鸡蛋、割草机、黄油等而不归还。父亲说："我从来就没有期待布朗宁会还我的钱。很早我就决定，我不借钱给他，在我的心里是把钱给他。如果他说是借钱，那是他的事。但是，从我来说，我是把钱作为礼物而送给他的。"

"我估计那对你来说更简单一些。"我微笑了，想起了在父亲的小店，从来没有详细的账本。

"卡丽。"父亲说，"当你做好事的时候，不要老是想要得到回报。"

我继续剥着玉米，父亲到院子里去欣赏孙子盖的小房子。我逐渐意识到我们是多么富有。

这个故事讲述的道理是不言而喻的，不是一个人拥有很多他才算富有，而是他给予人很多。生怕丧失什么东西的贮藏者，如果撇开他物质财富的多少不谈，从心理学的角度来说，他是一个贫穷而崩溃的人。不管是谁，只要他能慷慨地给予，他就是一个富有的人。他把自己的一切给予别人，从而体验到自己生活的意义和乐趣。只有那种连最低生活需要也满足不了的人不能从给予的行动中得到乐趣。然而，日常经验表明一个人所认为的最低需要，取决于他的性格特征，就像他考虑的最低需要取决于他的实际财产一样。众所周知，穷人要比富人乐于给予。但是贫穷得超过某种限度的人是不可能给予的。同时，要求贫穷者给予是卑劣的。这不仅是因为贫困而给予会直接给贫困者带来痛苦，而且是因为它会使贫困者丧失了给予的乐趣。

然而，给予最重要的意义并不在于物质方面，而在于人性方面。一个人能给予另一个人什么东西呢？他把自己的一切给予别人，把自己已有的最珍贵的东西给予别人，把自己的生命给予别人。这不一定意味着他为别人牺牲自己的生命，指的是他把自己身上存在的东西给予别人，把自己的快乐、兴趣、同情心、谅解、知识、幽默、忧愁——把自己身上存在的所有东西的表情和表现给予别人。在他把自己的生命给予别人的时候，他也增加了别人的生命价值，丰富了别人的生活。通过提高自己的生存感，他也提高了别人的生存感。他不是为了接纳才给予。给予本身就是一种强烈的快乐。在给予中，他不知不觉地使别人身上的某些东西得到新生，这种新生的东西又给自己带来了新的希望。在真诚的给予中，他无意识地得到了别人给他的报答和恩惠。

给予暗示着让别人也成为给予者，双方共同分享从而得到新的快乐。由于在给予的行动中有某种新东西产生，因此涉及给予行为的双方，对他们看到的新生活非常感激。尤其是就爱而言，这意味着爱是一种能产生的力量。软弱无能是难以产生爱的。马克思曾对这种思想作了精辟的论述："假定，"他说，"人就是人，而人同世界的关系是一种人的关系，那么你就只能用爱交换爱，只能用信任交换信任。如果你想得到艺术的享受，那么你就必须是一个有艺术修养的人；如果你想感化别人，那么你就必须是一个能鼓舞和推动别人前进的人。"

你分享越多，给予越多，你就拥有越多，这样它才不会使你成为一个吝啬的人，才不会使你创造出一个新的恐惧说："我或许会失去它。"事实上，当你失去越多，就会有更多新鲜的水从那个你从来不知道的源泉流出来。

目　录

第一章

把握生命内涵，做自己的主宰

　　你就是你，这个世界上独一无二的生命，你才是生命的主宰者，你主宰着生命的繁华与清净；你主宰着生命的优雅与从容；你主宰着生命的美满与幸福。超越一切世俗观念，舍弃一切幻想与贪欲，要记住，你才是生命的主宰者。

敬畏生命

一

家住东北某省的黄女士一天去赶集，在集市上，她看见有人在卖一只受伤的大雁，那只大雁看见她，用一种求生的目光凝视着她，发出声声悲惨的叫声，朴实善良的黄女士顿时生出怜悯之心，于是，决心救出这只可怜的大雁。

她一咬牙，用身上仅有的300元买下了这只大雁，带回家里经过精心的治疗，大雁康复了。从此，大雁与她结下了不解之缘，她走到哪里大雁就跟到哪里，形影不离。

一段时间后，大雁的伤情完全好了起来，黄女士准备把它重新放飞。谁知3天后它又飞了回来，还领来了另一只大雁，原来这只大雁舍不得这个恩人，把这里当作了自己的"家"，每当黄女士回家，都能听到满院子的大雁的生机勃勃的叫声，就像在演奏一首首交响乐。

一直到了深秋，大雁不得不飞向南方过冬了，但大雁们依然依恋着黄女士。

黄女士心想：它们得去寻找属于自己的天空了，但愿它们今后还会找到这个"家"。于是她将大雁放飞，大雁似乎也懂得她的意思，飞上蓝天后，加入了另一支雁队，一起向南方飞去。

二

多年前，一群猎人把一群羚羊赶到了悬崖边，准备全部活捉。

就在羚羊走投无路的时候，只见羚羊群自动分成了两类。老羚羊为一类，幼小羚羊为一类。接着，一只老羚羊快速走出来，朝着一只小羚羊叫了一声。

只见这只小羚羊应声跟老羚羊走到了悬崖边。小羚羊后退了几步，突然朝前奔向悬崖对面；紧接着，老羚羊也飞跳出去，只是跃起的高度要低一些。

当小羚羊在空中向下坠时，奇迹出现了：老羚羊的身体刚好出现在小羚羊的蹄下，小羚羊在老羚羊背上猛蹬一下，整个下坠的身体又突然升高，恰巧落在了对面的悬崖上，而那只老羚羊就像一只断翅的鸟，笔直地坠入山涧。

老羚羊用这种方法成功挽救了小羚羊。紧接着，又一只老羚羊引领另一只小羚羊凌空腾起，用同样的方式把小羚羊送到了悬崖对面。它们没有拥挤，没有争夺，秩序井然，快速飞跃。刹那间，山涧上空划出了一道道令人眼花缭乱的弧线，那弧线是一座座以老羚羊的死亡做桥墩的生命桥。

这神圣的一幕惊呆了猎人们，他们不由自主地放下了猎枪，向羚羊们致敬。

★智慧感悟★

事实证明，动物也有感情，知道感恩图报这个朴素的道理，伤害动物也就是伤害我们自己，对我们人类没有益处，善待动物就是善待人类自己。

这个世界之所以丰富多彩，是因为自然界万物生灵的存在，它们不仅仅是人类的朋友，更是与人类一样平等的生命，它们也有个性、有灵魂。

人类应该警醒了，为我们共同生活在这个世界上而心存感恩吧！把保护自然生灵当作自己义不容辞的责任，只有一个人与自然和谐相处的世界才是多姿多彩的，我们每个人都应该为此努力。

生命的真谛在于简单、快乐、富足

泰勒是纽约教区的一位神父。

那天，教区医院里一位病人生命垂危，他被请过去主持临终前的忏悔。

他到医院后听到了这样一段话："我喜欢唱歌，音乐是我的生命，我的愿望是唱遍美国。作为一名黑人，我实现了这个愿望，我没有什么要忏悔的。现在我只想说，感谢您，您让我愉快地度过了一生，并让我用歌声养活了我的6个孩子。现在我的生命虽然就要结束了，但死而无憾。仁慈的神父，现在我只想请您转告我的孩子，让他们做自己喜欢做的事吧，他们的父亲会为他们骄傲的。"

一个流浪歌手，临终时能说出这样的话，让泰勒神父感到非常吃惊，因为这名黑人歌手的所有家当就是一把吉他。他的工作是每到一处，把头上的帽子放在地上，开始唱歌。40年来，用他苍凉的西部歌曲，感染他的听众，换取那份他应得的报酬。他虽然不是一个腰缠万贯的富豪，可他从不缺少充实于生活中的快乐。他过着简单的生活，有着一颗容易满足的心。

泰勒神父在之后的一次演讲中讲到了这件事，他总结道："原来最有意义的活法很简单，就是做自己喜欢做的事，并从中发掘到一颗简单、快乐、富足的心灵。"

智慧感悟

拥有阳光心态，我们才能够体会生命在辉煌时候的壮丽，才能让自己充满热量，让家庭充满温馨，获得健康人生。

一个阳光的人，总是能够从生活中体悟到一份简单、快乐和富足的感觉，这得益于他们在生活中自由自在地挥洒，勇于选择和承担生活的责任，不受尘世的约束却又深情细致；在任性与认真之间，不管是守着边缘或主流的位置，都能在漂泊移动的生活中，体悟人生。

生命就在一呼一吸间

有一天，如来佛祖把弟子们叫到法堂前，问道："你们说说，你们天天托钵乞食，究竟是为了什么？"

"世尊，这是为了滋养身体，保全生命啊。"弟子们几乎不假思索地说。

"那么，肉体生命到底能维持多久？"佛祖接着问。

"有情众生的生命平均起来大约有几十年吧。"一个弟子迫不及待地回答。

"你并没有明白生命的真相到底是什么。"佛祖听后摇了摇头。

另外一个弟子想了想又说："人的生命在春夏秋冬之间，春夏萌发，秋冬凋零。"

佛祖还是笑着摇了摇头："你觉察到了生命的短暂，但只是看到生命的表象而已。"

"世尊，我想起来了，人的生命在于饮食间，所以才要托钵乞食呀！"又一个弟子一脸欣喜地答道。

"不对，不对。人活着不只是为了乞食呀！"佛祖又加以否定。

弟子们面面相觑，一脸茫然，又都在思索另外的答案。这时一个烧火的小弟子怯生生地说道："依我看，人的生命恐怕是在一呼一吸之间吧！"佛祖听后连连点头微笑。

故事中各位弟子的不同回答反映了不同的人性侧面。人是惜命的，希望生命能够长久，才会有那么多的帝王将相苦觅长生之道，却无法改变生命是短暂的这一事实；人是有贪欲的，又是有惰性的，所以才会有那么多的"鸟为食亡"的悲剧发生；而人又是向上的，所以才会有那么多的"只争朝夕"，从不松懈，却身心俱疲地生活。

这些弟子看到的都只是生命的表象，而烧火的小弟子的彻悟，却在常人之上。人之一生，犹如一呼一吸，生和死，只是瞬间的转化。天地造化赋予人一个生命的形体，让我们劳碌度过一生，到了生命的最后才让人休息，而死亡就是最后的安顿，这就是人一生的描述。世间的痛苦与幸福，都不过是生命的衍生。倘若没有了生命，便没有痛苦，幸福也无从谈起。

生命之旅，即使短如小花，也应当珍惜这仅有的一次生存的权利。生命是虚无而又短暂的，它在于一呼一吸之间，如流水般消逝，永远不复回。要让生命更精彩，我们理应在有限的时间里，绽放幸福的花朵。

★ 智慧感悟 ★

你就是你，这个世界上独一无二的生命，你才是生命的主宰者，你主宰着生命的繁华与清净；你主宰着生命的优雅与从容；你主宰着生命的美满与幸福。超越一切世俗观念，舍弃一切尘想与贪欲，要记住，你才是生命的主宰者。

保存"自性"，为自己而活

佛祖在一次法会上讲了这样一个故事：

有位富商讨了四个妻子：第一个妻子伶俐可爱，整天作陪，寸步不离；第二个妻子是抢来的，长得如花似玉，很美丽；第三个妻子沉溺于生活琐事，让他过着安定的生活；第四个妻子工作勤奋，东奔西忙，使丈夫根本忘记了她的存在。

有一天，商人就要去世了，为了测验一下哪位妻子是真心对自己的，他决定考验一下四位妻子，于是商人把四位妻子叫到面前，对她们说："我就要死了，你们平常都说对我好，如今谁愿意和我一起去阴间远行呢？"

第一个妻子说："你自己去吧，我才不陪你呢。"

第二个妻子说："我是被你抢来的，本来就不情愿，我才不去呢！"

第三个妻子说："尽管我是你的妻子，可我不愿受风餐露宿之苦，我最多送你到城郊！"

第四个妻子说：　"既然我是你的妻子，无论你到哪里去我都跟着你。"

于是，商人欣慰地点点头，与世长辞了。

佛祖接着解释说："各位，这位商人就是你们自己。第一位妻子是指肉体，死后是要与自己分开的；第二位妻子是指财产，它生不带来，死不带去；第三位妻子就是指你自己的妻子，活着时两人相依为命，死后还是要分道扬镳；第四个妻子是指你的自性。人们时常忘记她的存在，但她却永远陪伴着你。"

是的，世间众生总是智慧颠倒，珍爱前三个妻子，而冷落第四个妻子，其实，真正能和你永远在一起的只有第四个妻子——你的自性。一个人要想真正看清自己，就有必要看清自己的本来面目，那第四个妻子才是你需要真正去看清的呀。

另一个故事也讲道：

有一次，石屋禅师和一个偶遇的青年男子结伴同行，天黑了，那个男子邀请禅师去他家过夜，对禅师说道："天色已晚，不如在我家过夜，明日一早再行赶路？"

禅师向他道谢，与他一同来到了他家。半夜的时候，禅师听见有人蹑手蹑脚地来到了他的屋子里，禅师大喝一声："谁？"

那人被吓得跪在地上，禅师揭去他脸上蒙着的黑布一看，原来是白天和他同行的青年男子。

"怎么是你？哦，我知道了，原来你留我过夜是为了钱财！我一个和尚能有多少钱！你要干就去干大买卖！"

那男子说道："原来是同道中人！你能教我怎么干大买卖吗？"他的态度是那么的恳切、那么的虔诚。

禅师看他这样，慢腾腾地说道："可惜呀！你放着终生享用不尽的东西不去学，却来做这样的小买卖。这种终生享用不尽的东西，你想要吗？"

"这种终生享用不尽的东西在哪里？"

禅师突然紧紧抓住男子的衣襟，厉声喝道："它就在你的怀里，你却不知道，身怀宝藏却自甘堕落，枉费了父母给你的身子！"

真是一语惊醒梦中人啊！这个人从此改邪归正，拜石屋禅师为师，后来成为一名著名的禅僧。

★★★★★ 智慧感悟 ★★★★★

每一个人在他的生命之中总会失去一些东西，但是那个始终伴随你的就是你的个性，所以，生活中的我们不应该忘记自性的存在，而应该好好保存自己的自性，充分发挥自性的作用，为自己而活，这样才能拥有一个真正有血有肉的人生。

爱是生命最好的养料

一个小男孩认为自己是世界上最不幸的孩子，因为患脊髓灰质炎而留下了瘸腿和参差不齐且突出的牙齿。他很少与同学们游戏、玩耍，老师叫他回答问题时，他也总是低着头一言不发。

在一个平常的春天，小男孩的父亲从邻居家讨了些树苗，想把它们栽在房前。他叫他的孩子们每人栽一棵。父亲对孩子们说，谁栽的树苗长得最好，就给谁买一件最喜欢的礼物，小男孩也想得到父亲的礼物。但看到兄妹们蹦蹦跳跳提水浇树的身影，不知怎么却萌生出一种阴暗的想法：希望自己栽的那棵树早日死去。因此，浇过一两次水后就再也没去管理它。

几天后，小男孩再去看他种的那棵树时，惊奇地发现它不仅没有枯萎，而且还长出了几片新叶子，与兄妹们种的树相比，显得更嫩绿、更有生气。父亲兑现了他的诺言，为小男孩买了一件他最喜爱的礼物，并对他说，从他栽树来看，他长大后一定能成为一个出色的植物学家。

从那以后，小男孩慢慢变得乐观向上起来。

一天晚上，小男孩躺在床上睡不着，看着窗外皎洁的月光，忽然想起生物老师曾说过的话：植物一般都在晚上生长。何不去看看自己种的那棵小树？当他轻手轻脚来到院子里时，却看见父亲用勺子在向自己栽种的那棵小树下泼洒着什么。顿时，一切都明白了，原来父亲一直在偷偷地为自己栽种的那棵小树施肥。他返回房间，任凭泪水肆意地流淌……

几十年过去了，那瘸腿的小男孩尽管没有成为一个植物学家，但他却成为了美国总统，他的名字叫富兰克林·罗斯福。

★智慧感悟★

这个小男孩是幸运的。他爸爸养育了他，又造就了他。与其说小男孩种树，不如说父亲在培植小男孩这棵"树"。小男孩自卑的心和阴暗的想法，犹如正在枯萎的小树苗。正是父亲的良苦用心和涓涓的滋润才使"小树"得以重生，得以苗壮成长，最终长成参天大树。而小男孩，也给了这份爱丰厚的回报。他当上了美国总统，把自己的青春和热情献给了美国人民，让爱传遍每一个角落，把希望带给祖国和人民。

爱是生命中最好的养料，只要有爱就有彩虹，生命就有希望。虽然不是每个人都能成为植物学家，或者当上总统，但是，李白告诉我们"天生我材必有用"。接受别人的爱时，也要献出自己的一份爱，不管它是多么的微不足道。

达观就是洞悉人生的生与死

有这样一则寓言：

生和死是一对孪生兄弟。死对他的哥哥眷恋不已，生走到哪里，他就跟到哪里。可是，生却讨厌他这个弟弟。尤其使他扫兴的是往往在他举杯畅饮的时候，死突然出现了，把他满斟的酒杯碰落在地，摔得粉碎。"你这个冤家，当初母亲既然生我，又何必生你，既然生你，又何必生我！"生绝望地喊道。"好哥哥，别这么说。没有我，你岂不寂寞？"死心平气和地说。"永远不！""可是你想想，如果没有我和你竞争，你的享乐有何滋味？如果没有我和你同台演出，你的戏剧岂能精彩？如果没有我给你灵感，你心中怎会涌出美的诗歌，眼前怎会展现美的图画？""我宁可寂寞，也不愿见到你！""好哥哥，这可办不到。母亲怕你寂寞，才让我陪伴你。我这个孝子怎能不从母命？"于是，忍无可忍的生来到大自然母亲面前，请求她把可恶的弟弟带走，别让他再纠缠自己。然而，大自然是一位大智大慧的母亲，绝不迁就儿子的任性。生只好服从母亲的安排，但并不领会如此安排的好意，所以对死始终怀着一种无可奈何的怨恨心情。

智慧感悟

生是人生的起点，死是人生的终点，许多时候，死是容易的，活着却很艰难。从起点到终点，犹如划了一道美丽的弧线，生命之美被淋漓尽致地展现。

哲人说，生命不止一次。读不懂生命的人，认为他的生命只是一次，读懂生命的人，感叹他生涯浮沉、九死一生。活得无悔，便不会怨憎死亡了。心态达观的人往往看得透生死之间的关系，懂得为生的每一天而喝彩。

每个人心中都有一盏叫怜悯的灯

从前在罗马，有一位贫穷的奴隶，名叫安德鲁克里斯。他受不了主人的残暴，终于逃走了。

他躲在一处原始森林，一天，他睡觉时，一只狮子来到了他的身边，大声吼叫着。安德鲁克里斯起初怕极了，但是，不久他就发现，狮子一瘸一瘸的，腿好像受了伤。于是，安德鲁克里斯壮起胆子，帮助狮子治好了伤。狮子高兴极了，用舌头舔着他新朋友的手和脚。

一天，安德鲁克里斯又被抓回了罗马。奴隶主为了惩罚他，要求他和一头狮子决斗。如果那头狮子无法伤害他，他便可以获得自由。

决斗那天到来了，可怜的安德鲁克里斯已经做好了死去的准备。当凶恶的狮子扑过来时，他闭起了双眼。但是，狮子并没有伤害他，而是像孩子一样在他身边跳着，并舔他的手和脚。原来，这就是他救的那只狮子。

安德鲁克里斯双手抱着狮子的头，向吃惊的人们讲述了他和狮子的故事。

奴隶主必须遵守诺言，放了安德鲁克里斯。在安德鲁克里斯的请求下，狮子也得到了自由。

同情心与怜悯心会使一个人看起来高大，这种品德几乎是一个人从儿时就具备的。

恻隐之情让我们变成一个悲天悯人的人，而这份悲悯之情正是人类与其他事物的不同之处，是人与人之间的交往所必需的。给别人一份同情心，也许某一天会给你带来一个希望。

悯物其实也是关怀自己

弘一法师是现代著名的高僧，一次，他到弟子丰子恺家去，丰子恺请他坐藤椅。他把藤椅轻轻摇动，然后慢慢地坐下去，起先丰子恺不敢问，后来看他每次都如此，丰子恺就问为何这样谨小慎微。弘一法师温和而自然地回答说："这椅子里头，两根藤之间，也许有小虫伏着。突然坐下去，会把它们压死，所以先摇动一下，慢慢地坐下去，好让它们走避。"

即使是一只毫不起眼的小蚂蚁，在佛家眼中也是一条生命，它与我们人类的生命是一样的，本质上并没有什么区别，也应该享有生命的权利和尊严。释迦牟尼佛在未成佛之前也对世间万物充满着怜惜爱护之情。

释迦牟尼佛在未成佛道的其中一个轮回，转生成一条威力无敌的毒龙。它非常的强大，伤害过很多的生命。有一次，毒龙被一位修道的人降服了。修道人告诉它，宇宙万物都是有生命的，受到伤害的人不会善罢甘休，以怨报怨，是无休无止的。只有奉行不杀生，才能超越这种无边的痛苦，脱离畜生道！毒龙很相信他的话，就发誓不再杀生。此后，即使一条卑微的虫子它都能够忍受饥饿不去伤害它，这使毒龙昔日暴跳如雷的脾气也变得平和起来。一次，它在睡着的时候，被一个猎人发现了。猎人就想把它的皮剥去献给国王，这时的毒龙只要吐一口气都能把猎人杀死，但是它还是忍受着剥皮的痛苦来满足猎人的心愿。毒龙在被剥皮后，森林里的鸟儿、虫子都来吞噬它的肉体，令它疼痛无比。它仍然在坚守着不伤害任何生灵的誓言。

任何一个生命都与我们息息相关、血肉相连。在这偌大的一个地球当中，人们与身边的人、事、物都有着藕断丝连的关系，既然共生于同一个空间，为什么不能互尊互敬，而一定要钩心斗角、挑起是非呢？生命的联系当中存在着一个又一个的"蝴蝶效应"。可能因为我们的某一件错事，引发了一连串的反映，最后遭殃的还是我们自己。所以对众生应抱有"滴水"中的大慈悲之心，对生活抱着博爱心态，不但世界没有了争端，人的内心也会欢乐。

★智慧感悟★

悯物的本质一方面是慈悲，而另一方面则是对自由的一种尊重。万事万物在自然界原本都是应该享有自由的。因此，常存一颗悯物的博爱心态，不仅仅是一种博大的情怀，更是对人生与自然的一种理解和顿悟。因为我们从来都是与我们周围的事物和自然融于一体的，对它们进行关怀，实际上也是在关怀我们自身。

生命的意义就是能为别人带来幸福

一连好几年，守墓人每星期都会帮一位未曾谋面的老妇人在一座墓前献上一束鲜花。直到妇人得了重病，来到墓地，他们才见面。

"我一次也没忘了放花，夫人。"守墓人说。

但今天老妇人要自己为儿子献花，她认为活着没有意思，也许死了会更好。

守墓人终于鼓足勇气，说出了自己的心里话："鲜花搁在那儿，几天就干了，没人闻，没人看，您不觉得太可惜了吗？"

他告诉老妇人，附近的医院和孤儿院里的人都特别喜欢花，况且，他们是活人，而这是墓地啊。

老妇人没有说话，走了。

守墓人后悔自己的话太直率，怕她受不了。

可是几个月后，这位老妇人再次来访，而且，她是自己开车来的。

"我把花都给那些需要它的人们了。"她友好地向守墓人微笑着，"你说得对，他们看到花可高兴了，这真叫我快活！我的病好转了，医生不明白是怎么回事，可是我自己明白，我觉得活着还有些用处。"

智慧感悟

生活的真谛并不神秘，幸福的源泉大家都知道，只是常常忘了活着要对别人有些用处。将欢乐与幸福带给别人的同时，自己也能感受到幸福的回馈，也才能找到生命的意义。

生命需要健康的身体

有一个企业老总，辛辛苦苦开创了一个大公司，却因为身体状况不得不停下工作修养身体。在修养的时候，他的妻子死了，他对自己的健康状况非常担忧，因为家中已经有好几个人死于瘫痪性中风，因此他认定他必会死于同样的症状，所以一直在这种阴影下极度恐慌地生活着。

为了摆脱这种烦恼，他经常去找云崖禅师下棋，悟禅。

一天，他与云崖禅师下棋。突然手垂了下来，整个人看上去非常虚弱，脸色发白，呼吸沉重，云崖禅师关切地问道："怎么了？"

"最后它还是来了，"老总乏力地说，"我得了中风，我的整个右侧瘫痪了。"

"你是怎么知道的呢？"云崖禅师问道。

"因为，"老总答道，"刚才我在右腿上捏了几次，但是一点儿感觉也没有。"

"可是，"云崖禅师笑道，"你刚捏的是我的腿啊！"

有时候我们就会因为太紧张而对生活进行一些错误的判断。所以我们需要塑造一种阳光心态，修建一座内心的恬静房子，适当地放松和休息，它能消除你的张力、忧虑、压力、迫力与拉力，使你清新焕发，并回到你平常日子的世界里，而能更充分地准备应付第二天。

每一个人的内心都有一处恬静的中心，从不受外扰，像轮轴的数学中心点一般，永远保持固定不动。我们所要做的，就是去发掘这个内心安静的中心点，并且定期地退到里面去休息、静养、重整活力。

很多人身体不舒服时，就老怀疑自己得了病，整天陷入恐慌之中。其实，大多时候，这只是些小病或者根本没有病，只不过是心病而已。心病还需心药医，不要猜疑自己的健康，要保持阳光的心态，心病自然就会消除。

一个老板拥有数亿家产，每天忙忙碌碌，终于在办公室里病倒了，必须马上住院治疗。"我怎么会有时间呢？"老板一听说医生建议他住院，立刻焦躁地回答：　"还有多少事情等着我去裁决，没有我的话……"

"我们出去走走吧！"医生没有和他多说，亲自开车邀他出去逛逛。

不久，他们就来到近郊的一处墓地。

"你我总有一天要永远地躺在这儿的。"医生指着一个个的坟墓说，"没有了你，你目前的工作还是会有别人接着来做。你死后，公司仍然还会照常运作，不会就此关门大吉。"他听后沉默不语。

第二天，这位在商场上叱咤风云的总裁就向董事会递上了辞呈，并住院接受治疗，出院后过着云游四海的生活。他的公司也没有倒闭，依然红红火火。

很多人总会习惯性地工作过度。他们在办公室中工作很长的时间，下班之后，还提了满皮箱的公文回到家里，继续在家中工作。对他们来说，工作并不是他们生活中的一部分，而是他们的生活就是工作。

★智慧感悟

对一个普通人来说，这是相当大的负担。想要过着美好的生活，一个人就必须工作、休息、睡觉。他应该把时间及注意力平均分配给每一天的这三个部分，因为只有健康值得我们在追求它的时候不惜使用时间、汗水、麻烦和宝贵的财富，乃至生命。

拥有阳光心态的人都非常懂得爱惜自己的身体、守护自己的心灵，因为他们知道只有拥有健康的身心，才能拥有创造成就的资本。

善待这个世界

一个男子坐在一堆金子上，伸出双手，向每一个过路人乞讨着什么。

方圆禅师走了过来，男子向他伸出双手。

"你已经拥有了那么多的金子，还在乞求什么呢？"方圆禅师问。

"唉！虽然我拥有如此多的金子，但是我仍然不幸福，我乞求更多的金子，我还乞求爱情、荣誉、成功。"男子说。

方圆禅师从口袋里掏出他需要的爱情、荣誉和成功送给了他。

一个月之后，方圆禅师又从这里经过，那男子仍然坐在一堆黄金上，向路人伸着双手。

"孩子，你所求的都已经有了，难道你还不幸福吗？"

"唉！虽然我得到了那么多东西，但是我还是不幸福，我还需要快乐和刺激。"男子说。

方圆禅师把快乐和刺激也给了他。

一个月后，方圆禅师又见那男子坐在金子上，向路人伸着双手——尽管有爱情、荣誉、成功、快乐和刺激陪伴着他。

"你已经拥有了你想要的，你还乞求什么呢？"

"唉！尽管我已拥有了比别人多得多的东西，但是我仍然不能感到幸福，老人家，请你把幸福赐给我吧！"男子说。

方圆禅师笑道："你需要幸福吗？孩子，那么，请你从现在开始学着付出吧。"

方圆禅师一个月后从此地经过，只见这男子站在路边，他身边的金子已经所剩不多了，他正把它们施舍给路人。

他把金子给了衣食无着的穷人，把爱情给了需要爱的人，把荣誉和成功给了惨败者，把快乐给了忧愁的人，把刺激送给了麻木冷漠的人。现在，他一无所有了。

看着人们接过他施舍的东西，满含感激而去，男子笑了。

"现在你拥有幸福了吗？"方圆禅师问。

"拥有了！拥有了！"男子笑着说，"原来，幸福藏在付出的怀抱里啊。当我一味乞求时，得到了这个，又想得到那个，永远不知什么叫幸福；当我付出时，我为我自己人格的完美而自豪，而幸福，为我对人类有所奉献而自豪，而幸福，为人们向我投来的感激的目光而自豪，而幸福。"

★智慧感悟★

海伦·凯勒曾说："任何人出于他的善良的心，说一句有益的话，

发出一次愉快的笑，或者为别人铲平粗糙不平的路，这样的人就会感到欢欣是他自身极其亲密的一部分，以至使他终身去追求这种欢欣。"的确，在生活中，从一个表情、一句问候、一个眼神、一件小事开始，学会付出，善意地看待这个世界，幸福和快乐会时时与我们相伴。

快乐是生命的底色

当有人问小飞近况如何时，总能听到这样的回答："我当然快乐无比！"

小飞是个销售经理，也是个很独特的经理。因为她换过几家公司，而每次离职的时候都会有几个下属跟着她跳槽。她天生就是个鼓舞者。如果哪个下属心情不好，小飞会告诉他怎么去看事物的正面。

这种生活态度的确让人称奇。

一天一个朋友追问小飞说："一个人不可能总是看事情的光明面。这很难办到！你是怎么做到的?"

小飞回答道："每天早上我一醒来就对自己说，小飞你今天有两种选择，你可以选择心情愉快，也可以选择心情不好。我选择心情愉快。然后我命令自己要快快乐乐地活着，于是，我真的做到了；每次有坏事发生时，我可以选择成为一个受害者，也可以选择从中学些东西。我选择从中学习。我选择了，我做到了；每次有人跑到我面前诉苦或抱怨，我可以选择接受他们的抱怨，也可以选择指出事情的正面。我选择后者。"

"是！对！可是并没有那么容易做到吧。"朋友立刻回应。

"就是有那么容易。"小飞答道，"人生就是选择。每一种处境面临一个选择。你选择如何面对各种处境。你选择别人的态度如何影响你的情绪。你选择心情舒畅还是糟糕透顶。"

"归根结底，你自己选择如何面对人生。"

她曾被确诊患上了中期乳腺癌，需要尽快做手术。手术前期，她依然过着正常而有规律的生活。

所不同的就是，每天下午三点半的时候要接受医院规定的检查。对于来检查的医生，她总是微笑接待，让他们感到轻松无比，尽管检查的时候，小飞感觉十分不舒服。

直到手术麻醉之前，她仍然对主治医师说："医生，你答应过我，明天傍晚前用你拿手的汉堡换我的插花！别忘了！上次的自制汉堡，味道真好，让人难以忘怀！"直叫医生哭笑不得。手术果然进行得很顺利。两个月后的一天，朋友来探望她，她竟然马上忘记疼痛，要送朋友一件自己刚刚被医院允许做好的插花。等到她出院时，竟然与科室一半的人都交上了朋友，包括那些病友。

★智慧感悟★

其实，生活中的点点滴滴都值得我们去细细品味、咀嚼，也就是这些小小的快乐，让我们发现生活中的美好，得到生命中的阳光。所以，选择做一个乐观的小太阳吧，用一颗积极、乐观、平和、包容的阳光之心去点亮自己、温暖别人。

"人生之灯"，就是一颗干净的心灵

传说著名高僧一灯大师藏有一盏"人生之灯"，这盏灯的灯芯镶有一颗500年之久的硕大夜明珠。这颗夜明珠晶莹剔透、光彩照人。有很多人一直想得到这件宝物。

据说，得此灯者，经珠光普照，便可超凡脱俗、超越自我、品性高洁，得世人尊重。有三个弟子跪拜求教怎样才能得到这个稀世珍宝。

一灯大师听后哈哈大笑，他对三个弟子讲："世人无数，可分三品：时常损人利己者，心灵落满灰尘，眼中多有丑恶，此乃人中下品；偶尔损人利己，心灵稍有微尘，恰似白璧微瑕，不掩其辉，此乃人中中品；终生不损人利己者，心如明镜，纯净洁白，为世人所敬，此乃人中上品。人心本是水晶之体，容不得半点尘埃，所谓'人生之灯'就是一颗干净的心灵。"

★☆★☆★☆★☆★☆
智慧感悟
★☆★☆★☆★☆★☆

人世间最宝贵的不是珍宝，而是品行高尚的心灵，那是纵有千金也买不到的稀世珍品，而且水不能淹没它，火也烧不毁它，风吹日晒丝毫无法损坏它。它可以使天下安定，也可以使人舒适安然。

生命永远不会贬值

在一次讨论会上，一位著名的演说家没讲一句开场白，手里却高举着一张 20 美元的钞票。面对会议室里的 200 个人，他问："谁要这20 美元？"一只只手举了起来。他接着说："我打算把这 20 美元送给你们中的一位，但在这之前，请准许我做一件事。"他说着将钞票揉成一团，然后问："谁还要？"仍有人举起手来。

他又说："那么，假如我这样做又会怎么样呢？"他把钞票扔到地上，又踏上一只脚，并且用脚碾它。尔后他拾起钞票，钞票已变得又脏又皱。"现在谁还要？"还是有人举起手来。

"朋友们，你们已经上了一堂很有意义的课。无论我如何对待那张钞票，你们还是想要它，因为它并没贬值，它依旧值 20 美元。人生路上，我们会无数次被逆境击倒、欺凌甚至碾得粉身碎骨。我们觉得自己似乎一文不值，但无论发生什么，或将要发生什么，在上帝的眼中，你们永远不会丧失价值。在他看来，肮脏或洁净，衣着齐整或不齐整，你们依然是无价之宝。生命的价值不在于我们有多高的地位，也不仰仗我们结交的人物，而是取决于我们本身！"

"你们是独特的——永远不要忘记这一点！"

别人的评价可以帮助我们审视自己的不足，但请记住不要因为别人的贬损而轻视自己！

要相信自己是一块金子，不管被塑造成什么样子，都永远地保有自己的价值。不管我们现在遭遇到什么困境，处于多么卑微的地位，都不要自暴自弃。

☆智 慧 感 悟☆

生命蕴藏着巨大的潜能，生命永远不会贬值。爱迪生说："如果我们能做出所有能做的事情，我们毫无疑问地会使自己大吃一惊。"对自己的生命拥有热爱之情，对自己的潜能抱着肯定的想法，这样，生命就会爆发出前所未有的能量，创造令人惊奇的成绩。

精神上的富足

在二战时期的某一天，伊利莎白·康妮接到国防部的电报，说她的侄儿——她最爱的一个人，在战场上失踪了。康妮的心一下子就悬了起来，原本开朗达观的她变得焦虑不安、茶饭不思。过了不久，她又接到了阵亡通知书。接到通知书的那一刻，她觉得自己的整个世界都塌陷了。

在此之前，康妮一直觉得命运对自己很好。她说："伟大的上帝赐给我一份喜欢的工作，又让我顺利地抚养大了相依为命的侄儿。在我看来，我侄儿代表着年轻人美好的一切。我觉得我以前的努力，现在都应该有很好的收获……"

然而，现在却来了这样一份电报，她的整个世界都被粉碎了，她觉得再也没有什么值得自己活下去了，她找不到继续生存下去的借口。她开始忽视她的工作，忽视她的朋友，她抛开了生活的一切，对这个世界既冷淡又怨恨。"为什么我最爱的侄儿会死？为什么这么个好孩子——还没有开始他的生活就离开了这个世界？为什么他会死在战场上？"她觉得自己没有办法接受这个事实。

她悲伤过度，决定放弃工作，离开家乡，把自己藏在眼泪和悔恨之中。就在她清理桌子准备辞职的时候，突然看到一封她已经忘了的信——一封她的侄儿生前寄来的信，当时，他的母亲刚刚去世。侄儿在信上说："当然我们都会想念她的，尤其是你。不过我知道你会平静度过的，以你个人对人生的看法，就能让你坚强起来。我永远不会忘记那些你教给我的美丽的真理。不论我在哪里生活，不论我们分离得多么遥远，我永远都会记得你的教导。你教我要微笑地面对生活，要像一个男子汉，要承受一切发生的事情。"

康妮把那封信读了一遍又一遍，觉得侄儿就在自己的身边，正在对自己说话。他好像在对自己说："你为什么不照你教给我的办法去做呢？坚持下去，不论发生什么事情，把你个人的悲伤藏在微笑下面，继续生活下去。"

侄儿的信为康妮带来了很大的安慰和鼓舞，她不再对周围的一切充满敌意，不再对别人冷淡无礼，她又像以前那样充满希望地投入到工作中去。她一再对自己说："事情到了这个地步，我没有能力改变它，不过我能够像他所希望的那样继续活下去。"

智慧感悟

　　人生就像一个调味盘，有甜蜜也要有苦涩，缺失了任何一样生命都不再丰盈和完满。苦难是上天赐予我们的人生财富，这笔财富可以使我们意志更加坚强，使我们的精神更加丰富。对于这笔财富，我们应该微笑着接受，并尽数收入自己的行囊，再次昂首挺胸地踏上下一次的征途，这样你的人生之旅才会时时被阳光所萦绕。

送人一轮明月，月光也会照耀到你的心里

　　从小家境贫寒的洪峰十分渴望读书，无奈脸朝黄土背朝天的父母没有能力赚钱供他读书，每到开学的时候只能东借西借。他清晰地记得父亲到邻居家借钱的情景。

　　邻居家里做生意，是村里最富裕的。当老实巴交的父亲张开嘴准备借钱的时候，就被邻居挖苦了一番："没有钱就不要想读书了，就你们家也能飞出个金凤凰不成！"说完就把父亲推出了门外，然后重重地关上了大门。洪峰气得攥紧了拳头，发誓一定要出人头地，让邻居瞧瞧！

　　读完初中的洪峰再也没有能力借钱读书了，于是他就开始学着做生意。凭借他的聪明才智和吃苦耐劳的精神，从批发冰棍做起，越做越大，一直到拥有一家建材批发公司，家里的经济条件也越来越好，在临近的几个村子里，都是最富裕的。他经常为自己没有读完高中、上大学而感到遗憾，就非常乐意资助村里的孩子读书。他为村里的小学捐资 20 万，村里凡是考上大学的，他都先送去两万元表示鼓励。

　　村里人对他的善举都给予了很高的评价。唯有昔日的邻居很不服气，却不料邻居自己的生意每况愈下，越来越难做。明知如此，邻居为了赌一把，还是把所有的家当都抵押进去投资建材生意。结果，赔进去了所有的钱。眼看着即将倾家荡产，就连自己的院子都要被抵押出去了。邻居走投无路的时候，走进了洪峰的院子求助。原以为等待他的是幸灾乐祸，没有想到尚未开口，洪峰已经把准备好的10万元钱放到他的面前，说："什么也别说了，先把这个钱拿去还债，再考虑如何东山再起！"听到这简单的一句话，邻居内心的忏悔、感谢几乎无法用语言表达。

智慧感悟

包容是一种高尚的人生境界，是一种最高尚的精神援助。包容是一种气度，是一种胸襟，是一种修养。包容是一种极高的个人修养，要不断磨炼自己的心智才能达到。人生历练到如此高的境界，是源自于不断克服人性的弱点，超越自我的艰难心路历程。

不论是想成就一番不平凡的事业，还是想快乐地度过平凡的一生，懂得包容都是一堂人生的必修课。因为你以包容之心对待别人的时候，你是把一轮皎洁的明月送给了别人，同时送出去的明月也会把明亮的月光照耀到你的心里，照耀着你前进的道路。

第二章

心中有爱，生命充满奇迹

　　"爱"，是个令人陶醉的字眼，也是一个永恒的命题。爱就像一块调色板，创造了五彩斑斓的生活，造就了人类的和谐与幸福。

　　有了爱，生活中就会有更多的欢乐与感恩；有了爱，我们就可以把冷漠化为亲切，把仇恨变为宽容。

　　我们每个人都需要有爱，给自己、给家人、给朋友、给素不相识的陌生人，也就产生了亲情、友情与爱情。当爱之花在心灵深处绽放的时候，世间的一切烦恼与纷争、困惑与误解都会化为一缕清风飘然而去，留下的只有那一份脉脉的温情。

能够逝去的是生命，不是爱

一个晴朗的夏日，美国加州攀岩俱乐部正在举行一次无防护徒手攀岩。罗夫曼和妻子莫莉亚丝都是其中的成员，此时他们正同时攀登一个悬崖。罗夫曼的攀登速度要比莫莉亚丝快一些。他们没有任何防护，稳健地向悬崖上方攀登。罗夫曼离顶峰越来越近了，还有几米就要到达终点了。参观的人们情不自禁地欢呼起来。

然而就在此时，位于莫莉亚丝右上方约 5 米处的罗夫曼突然一声惨叫，他失足了！正攀岩的莫莉亚丝蓦然瞥见险象，她毅然脱离了崖壁，伸出双手准确地搂接住了迅速下坠的罗夫曼。两人紧紧地拥抱着坠入万丈深谷……

这一瞬间的惨剧让在场的每一个人都惊呆了。

莫莉亚丝那个漂亮的搂接动作，被现场的摄影师定格成了旷世经典。

所有的人都知道——她根本无力救罗夫曼的生命，却知其不可为而为之。她虽然不能挽救爱人的生命，但是她救起了爱。

★智慧感悟

生命诚可贵，爱情价更高。真正的爱情不仅仅只是花前月下甜言蜜语的浪漫，而是将两人的命运紧紧地联系在一起，有福同享，有难同当，在面临生死选择的那一瞬，为了爱，为了永恒的爱，甚至能为对方付出生命。

不当差的天使——爱的完美诠释

在蓓蓓上学前班的时候，有一天她听到爸爸对妈妈说了一句话："你走吧，由我来向蓓蓓解释。"从此她再也没有见到过妈妈。

妈妈走了，爸爸仍像以前一样接送蓓蓓上学，在家长手册上认真填写她又学会了的新字、听到的新故事，以及纠正蓓蓓左手写字画画的进展情况。而这些事情在蓓蓓的其他同学家里都是由母亲来做的。

妈妈离开快一个星期了。晚上，爸爸过来给蓓蓓讲了一个"天使"的故事。

"每一个天使飞到一个地方，发现那里若有人需要她的帮助，她就会留下来当差。如果一切都很好的话，不当差的天使就会放心地飞走，去寻找需要她帮助的人。世界上的爸爸妈妈就是天使，是专门飞来照顾孩子的，咱们家里，有爸爸一个人就能照顾好蓓蓓，所以，妈妈才去了一个叫澳大利亚的很远的地方，就像不当差的天使一样……"

这是蓓蓓在以后的生活中，听到过的父母在孩子面前对"离婚"做出的最美好、最阳光灿烂的解释。

★智慧感悟★

父爱是雄厚的，但有时也是细腻的，父亲的爱让我们能感受到温暖，使我们在爱的包裹里开心前行。

爱要用心去体会

有一群人正在谈论爱是什么。

有的说，爱就是发自内心的一种感觉，就是一个人的感情在另一个人身上真实的倾诉。

有人说，爱是一种自发的有目标的行动。一个人不可能对一个他十分陌生的人产生爱的行动。

有人说，爱是人们彼此能感觉温暖的一种形式，这种形式是维系人类向前发展的力量。还有人说，爱不是一种形式，而是一种没有人说得清楚的内容。

他们就这样争论着，谁也不能说服谁。正在大家争论不休的时候，突然看到一个母亲领着她双目失明的儿子，从他们身边走过。母亲在给儿子讲着童话故事，儿子入神地听着，脸上露出灿烂的笑。看得出，他们非常幸福。这群人目送着母子，好远，好远……

这时候有人说："看到了吗，这就是爱啊！"于是再没人提出不同的观点。

★智慧感悟★

爱是一种发自人类内心的本能和天性，是无法伪装和矫饰的，所以大爱无言。纯洁的爱、至高无上的爱，尽在默默无语之中，只能靠人们用心去慢慢体会。

心中有爱，就能创造奇迹

当她听到爸爸绝望地对妈妈说，只有奇迹才能救弟弟的时候，这个8岁的小女孩回到卧室，把零花钱全部倒在地板上，仔细地数了数。

抱着宝贵的储蓄罐，女孩来到了临街的一家药店，她要为弟弟购买"奇迹"。他告诉药师，弟弟安德鲁的脑子里长了个东西，爸爸说只有奇迹能够救他。

当药师告诉女孩他这里不卖奇迹时，她着急地表示只要能够给她"奇迹"，她可以再多弄些钱来。

药店里一位衣着考究的顾客听了他们的对话，询问了小女孩她买奇迹的缘由，并问她身上有多少钱。小女孩告诉他自己只有1美元11美分。

"噢，真是巧极了，"那人微笑着说，"1美元11美分——这正好是为你的小弟弟购买奇迹的钱。带我去你家吧，看看我是不是有你需要的奇迹。"

那位衣着考究的顾客就是专攻神经外科的外科医生卡尔顿·阿姆斯特朗。手术完全是免费的。手术后没多久，安德鲁就回家了，很快恢复了健康。

"那个手术，"她的妈妈轻声说，"真是一个奇迹。我想知道它到底值多少钱？"

小女孩微笑了。她知道这个奇迹的确切价格：1美元11美分，加上一个小孩子的爱。

★★★★★★★★
智慧感悟
★★★★★★★★

　　手足之间的亲情是难以用语言来表达的，这种情谊将陪伴我们一生。无论身处何方，总有兄弟或姐妹在牵挂着你，那是一份怎样的幸福啊。

爱能创造神话，用爱突破极限

　　得克萨斯州有位单身妈妈艾丽，带着一个1岁大的女儿安妮住在一所公寓的五楼。

　　妈妈艾丽依照得克萨斯州传统的方式教育女儿，教导女儿过着有规律的生活。而小安妮也乖巧地听从母亲的教导，凡事按部就班、中规中矩，十分讨人喜欢。

　　小安妮每天按常规在早上10点起床，而艾丽则利用早上女儿还未起床的这段时间上菜市场买菜，处理一些琐事。

　　这一天，艾丽和往常一样，上午9点钟左右从市场回来，在居住的公寓附近遇上邻居太太，便站在路边闲聊了几句。不料，一向规律的小安妮今天不知怎么竟然提早起床，在家中四处找不着妈妈，就自行爬到窗台往下看。

　　正在和人聊天的艾丽，不经意地抬头看了看自己的五楼公寓，居然看到了小安妮趴在窗台上向她挥手。艾丽立即大惊失色，慌忙向安妮做手势，叫她不要乱动，生怕小安妮一个不留神，失足跌下来。

　　而在窗边的小安妮见到妈妈的手势，误以为妈妈要她下去，一向乖巧的她顿时就从窗台上爬了出来。惊恐的艾丽见到安妮从五层楼的高处坠落，想也不想，立即抛下手中所有的物件，一个箭步冲上前去，用跑百米的惊人速度奔向安妮坠落的地方。

说时迟那时快，只见由五楼坠落的小安妮，被及时赶到的艾丽伸出双手接了个正着。小安妮还不知自己刚刚从鬼门关绕了一圈回来，直望着妈妈傻笑。

这个消息经媒体披露后，吸引了许多专家学者的注意。他们来到出事的现场，把和小安妮同等重量的物体从五楼丢下，再请当时百米赛跑的全国纪录保持者从艾丽当时站立的地点开始跑，试图接住坠下的物体。但试验的结果是往往选手跑不了两三步，实验物体便已坠地，更不要说去接住它了。

专家们也请当事人艾丽试着跑了几回，结果当然比选手的表现更加差劲，根本不可能再次接住从五楼坠下的实验物。因此，专家们得到一个结论：除非将坠下的试验物体换成原先的安妮，否则是绝对不可能来得及接住的。问题是艾丽当然不肯再来一次——毕竟小安妮是艾丽的一切。

★ 智慧感悟 ★

上帝在每个人的体内植入一粒神奇的种子，它巨大的能量能让我们几乎完成一切艰巨的任务。这粒种子的名字就叫潜能，如果用爱之水浇灌，那么它开出的花一定非常艳丽、炫目。

善意的谎言，浓浓的母爱

儿时家穷，饭不够吃，母亲就把碗里的饭分给小男孩吃。母亲说，快吃吧，我不饿——母亲撒的第一个谎。

长身体的时候，母亲常利用休息时间去县郊农村河沟里捞鱼，给男孩做新鲜好吃的鱼汤。男孩吃鱼，母亲就在一旁舔鱼骨头上的肉渍。男孩心疼，就把自己碗里的鱼夹给母亲。母亲不吃，又把鱼夹回男孩碗里。母亲说，快吃吧，我不爱吃鱼——母亲撒的第二个谎。

上初中了，为了交够男孩的学费，当缝纫工的母亲就去外面领些火柴盒晚上在家糊。有个冬天，男孩半夜醒来，看到母亲还在油灯下糊火柴盒。男孩催母亲早睡，母亲说，快睡吧，我不困——母亲撒的第三个谎。

高考那年，烈日下，母亲请假站在考点门口为男孩助阵。每当考试结束，母亲都会准备好一杯浓茶。望着母亲干裂的嘴唇和满头的汗珠儿，男孩将茶递给母亲。母亲说，快喝吧，我不渴——母亲撒的第四个谎。

父亲病逝后，母亲靠着微薄收入供男孩念书，日子过得苦不堪言。胡同路口电线杆下修表的李叔叔过来打个帮手，送些钱粮。左邻右舍都劝母亲再嫁，不要苦了自己。然而母亲始终不嫁，别人再劝，母亲说，我不爱——母亲撒的第五个谎。

男孩工作后，下了岗的母亲就在农贸市场摆小摊维持生活。男孩常常寄钱回来给母亲，母亲坚决不要。母亲说，我有钱——母亲撒的第六个谎。

后来，男孩考取了美国一所名牌大学的博士，毕业后留在美国一家科研机构工作，待遇丰厚。男孩想把母亲接来。母亲说，我不习惯——母亲撒的第七个谎。

晚年，母亲重病，男孩乘飞机赶回来时，术后的母亲已是奄奄一息。望着被病魔折磨的母亲，男孩潸然泪下。母亲却说，别哭，我不疼——母亲撒的最后一个谎。

智慧感悟

任何一位母亲一生都说过许多谎言，关于爱护我们的善意的谎言。年少的时候，还不能理解母亲，有时甚至误解母亲的良苦用心……然而，当有一日这些亲切的叮咛不在耳边响起时，我们的内心是否会充满悔恨，抑或是被无言的悲伤所取代？

谁能给你一双耳朵

阿斯诺出生的时候便没有耳朵，还好他的听力没有障碍。在父母的关爱下，他度过了快乐无忧的童年。阿斯诺并没意识到他和别的孩子有什么不同。

阿斯诺渐渐长大了，他在文学和音乐方面表现出了非凡的天赋。

"为什么我没有耳朵呢？"一天，阿斯诺问妈妈。

"这是为了让你和别的孩子分得清楚呀！"妈妈充满痛楚地安慰儿子。

终于有一天，爸爸告诉阿斯诺已经有人愿意为他捐献耳朵了，但那人的身份保密。

移植手术非常成功，阿斯诺终于有了一双耳朵。他高兴极了，成功也开始光顾他。大学毕业后，他结婚了，并且成了外交官。

每次他追问捐助人的身份，爸爸总告诉他还不是时候。

岁月静静地流逝，一天，妈妈去世了。在葬礼上，爸爸突然伸手撩开妈妈浓密灰白的头发。他惊讶地发现妈妈居然没有耳朵，他明白了这一切。

"我终于知道了妈妈为什么说她很高兴自己永远都不用剪头发。"泪流满面的阿斯诺对爸爸低语道，"没有人觉得妈妈不如从前美丽，是吗？"

母爱是天涯游子的最终归宿，是润泽儿女心灵的一眼清泉，它伴随儿女的一饮一啜，丝丝缕缕，绵绵不绝。

母爱，让所有语言都苍白无力

一个3岁的哑巴孩子突然得了一场怪病，高烧不退，3天3夜昏迷不醒。村里的医生一个个摇头而去。孩子的母亲却不放弃，她冒着纷飞大雪，赶了100多里险峻异常的山路到达县城。县医院的大夫无比遗憾地告诉她，孩子没救了。母亲悲恸欲绝，却仍然相信孩子还活着。母亲跌撞着踏上风雪归程，她一直将孩子紧紧地搂在温暖的胸襟里，一直梦呓似的唤着孩子的乳名。当母亲带着满身伤痕回到村口时，孩子僵硬冰冷的小手不可思议地动了起来，并慢慢睁开眼睛，盯住母亲，轻轻吐出了一个石破天惊的声音："妈！"哑巴孩子奇迹般地活了下来，直到现在，仍然只会叫一个字："妈！"而可怜的母亲在那一声呼唤之后，稀泥似的瘫下，最终幸福地死在了孩子身旁。

世界上一切语言，无论多么美丽、温暖，都无法形容爱的伟大，在母爱面前，所有语言都显得那么苍白。爱是人间最美丽的事物，人们所有努力的动力都来源于爱，而最终的目的也还是为了爱，为了幸福。

父爱的背后是坚强和宽厚

在乔治的眼里，父亲一直瘸着一条腿走路，他的一切都平淡无奇。

一次，市里举行中学生篮球赛，他是队里的主力。他对母亲说希望她前往，母亲告诉他，即使他不说，她和父亲也会去的。但乔治却告诉母亲："我只希望你去。"

在书房的父亲听到他们母子俩的谈话，走过来对乔治说："我正好去外地参加一个会议，预祝你成功，儿子！"

比赛结束了，乔治的队得了冠军。回家的路上，母亲高兴地说："你的父亲知道了这个消息，他一定会放声高歌的。"乔治沉下了脸，说："妈妈，我们现在不提他好不好？"母亲的脸色凝重起来，他不得不把隐藏了多年的秘密告诉乔治。原来，乔治父亲的腿是乔治4岁时，父亲为了救他，而被车轮碾伤的。乔治顿时呆住了。而另一个消息更让他吃惊，父亲就是他最喜爱的作家布莱特。

乔治对这一事情难以置信，他跑去问老师，老师点头告诉他，这是事实。父亲不让他知道这些，是怕影响他成长。

两天以后，父亲回来了，乔治问父亲："你就是大名鼎鼎的布莱特吗？"父亲愣了一下，然后就笑了，说："我就是写小说的布莱特。"乔治拿出一本书来，说："那你先给我签个名吧！"父亲看了他片刻，然后拿起笔来，在扉页上写道：赠乔治，爱其实比什么都重要。布莱特。

多年以后，乔治成了一名出色的记者。这时，有人让他介绍自己的成功之路，他就会重复父亲的那句话：爱其实比什么都重要。

☆智慧感悟☆

父亲总是扮演着坚强、宽厚的角色，在坚强的背后，有一双对我们殷切期望的眼睛。父亲就是要用这种特殊的方式，来表达他对我们的关心与爱护。

父亲留给孩子的快乐和希望

一位父亲就要去世了，他在临走前给疼爱的女儿写了这样一封信：

亲爱的女儿：

再来和爸爸玩一次捉迷藏的游戏，好吗？我知道你比爸爸厉害，爸爸和你玩了好几次捉迷藏，每次一下子就被找了出来。不过这一次，爸爸要躲很久才会被你发现。你先不要急，等你18岁（再吃完14次蛋糕）的时候再问妈妈，爸爸到底躲在哪里，好不好？

爸爸要躲这么久，你一定会想念爸爸，对不对？不过，爸爸不会随便跑出来，不然就输了。如果还是很想爸爸，爸爸就会变魔法出现在你面前，因为是魔法，所以爸爸还没有输。

爸爸的魔法是：等你睡觉的时候，跑到你的梦里和你一起玩游戏；在你画爸爸的时候，不管画得好不好，你只要觉得是爸爸，那就是爸爸；当你看着爸爸的照片时，爸爸也在偷偷地看你……还有，我的咒语是："宝宝宝宝，我爱你！"

你已经是4岁的大姑娘了。爸爸要拜托你一件事，要你孝顺和照顾爷爷、奶奶和妈妈，看你能不能比爸爸做得更好？

我们这一次捉迷藏要玩这么久，爷爷、奶奶、妈妈有时候看不到爸爸，他们一定会偷哭。他们偷哭，你就要逗他们笑，如果你忘记逗他们了，他们一定会哭得更厉害。

这次比赛爸爸一定要想办法赢你，想让你看一看到底是你厉害，还是爸爸厉害。

准备好了吗？亲爱的女儿，游戏马上就要开始了……

★智慧感悟★

这位父亲可谓用心良苦，即使到了生命的最后一刻，也要把痛苦隐藏，把快乐和希望留给自己的孩子。他希望用一种游戏的方式来让孩子接受和父亲永久的分离。在这个游戏当中，女儿是最不知游戏规则的，而她却是最幸福的人。

因为是朋友

越战期间，一个村庄受到了美军战机的袭击。

一阵轰炸过后，一个小姑娘受了重伤。医生对小姑娘进行紧急抢救，但输血迫在眉睫。

经过验血，几名未受伤的孤儿可以给她输血。当医生询问是否有人愿意献血时，一阵沉默没人回答。

过了一会儿，一只小手终于缓慢而颤抖地举了起来。

"噢，谢谢你。"医生十分感谢这个勇敢站出来的小男孩。

整个输血过程小男孩都显得很紧张。他不时地颤抖，甚至用手捂住了脸，好像很痛苦。

一名越南护士看见小男孩痛苦的样子，便询问他，听完他的回答，护士用轻柔的声音安慰他。顷刻之后，他停止了哭泣，轻松的表情立刻浮现在他的脸上。

原来，他认为会被抽掉所有的血，他误会自己就要死了。

医生问小男孩："你为什么愿意这样做呢？"

小男孩回答："因为她是我的朋友。"

★★★★★★★★ 智慧感悟 ★★★★★★★★

当朋友遇到困难的时候，便会毫不犹豫地奉献自己的一切。真正的友谊就像磷火，在一个人生命中最暗的时刻反而更加明亮。

友情可以医治受伤的心灵

小男孩因为输血感染上了艾滋病，除了小女孩，没有同伴愿意靠近他。一个偶然的机会，小女孩在杂志上看到一则消息，说加州的医生找到了能治疗艾滋病的植物，这让她兴奋不已。于是，她带着小男孩悄悄地踏上了去加州的路。

在路上，小男孩很害怕，小女孩把自己的鞋塞到小男孩的手中："以后睡觉，就抱着我的鞋，想想我的臭鞋还在你手上，那么我肯定就在附近。"

加州太远了，他们的钱已经花光了，不得不放弃这一计划。他们回到了家乡。小女孩依旧常常去病房看小男孩，仍会玩装死游戏吓医生和护士。

一天，小女孩问他想不想再玩装死的游戏，小男孩点点头。然而这回，小男孩却没有在医生为他摸脉时忽然睁开眼笑起来——他真的死了。

小女孩抱着小男孩的尸体抽泣着说："我很难过，没能为他找到治病的药。"

小男孩的妈妈站在旁边泪如泉涌："不，你找到了。他一直为有你这个朋友而满足。"

★智慧感悟★

友情可以医治受伤的心灵，安慰孤独的人，给人带来希望。幸福的时候离不开友情的滋润，患难的时刻更需要友情的呵护。

相伴一生的朋友

在第二次世界大战中，在法军的一支部队里有一对朋友，其中一人被德军的子弹击中，幸免于难的另一人请求长官允许他去把他的朋友背回来。

长官说："他可能已经死了，你冒着生命危险去把他的尸体背回来是没有用的。"

但在他的一再恳求下，长官同意了。就在那名士兵刚把他的朋友背回到营地时，他那身负重伤的兄弟死去了。

长官说："看看，你冒死把他背回来真是毫无意义。"

但这名士兵回答道："不，我做了他所期望的事。我得到了回报。当我摸到他身边扶起他时，他说：'沃尔夫，我知道你会来的——我就是觉得你会来。'"

★智慧感悟★

"友谊"这个词，如果想给它一个确切的定义，怕是有些难度，但是它会以各种形式的实际行动出现。已死去的朋友已经心满意足，因为他在垂死之际验证了友谊的真诚；活着的朋友肯定也感到慰藉，因为他看到了好友临终前的满足。

相伴一生，最终没有留下遗憾的友情让我们感动。

用心体悟岁月的感动和真情

傍晚，雨晴散步到天桥边，看见一个小伙子正吃力地背着个姑娘上天桥。雨晴赶忙过去帮着搀扶，问小伙子："她生病了吧？我帮你叫车送医院。"

这时，姑娘忽然大笑起来，忙向雨晴道歉："对不起，谢谢您，我们在玩游戏。"

"什么？"雨晴尴尬中有些愠怒。

姑娘告诉雨晴，今天是他们结婚3周年纪念日。"他没有钱，我不要他买什么礼物，但他有力气，所以要他背我上天桥。才背3个来回就累了，将来结婚30周年，我让他背30个来回，累死他那把老骨头……"姑娘趴在小伙子肩上又笑了起来。

爱是甜美的小花，如果用浪漫来浇灌这朵小花，爱的花朵就会常开不败，点缀美好的人生。真正的浪漫，并非全是烛光晚餐加玫瑰香槟。浪漫有时只是一种质朴至纯的表达，并不需要过多的物质条件。

★智慧感悟★

于平淡的日子里，用心体悟那一份彼此的感动和真情就是幸福。

有些时候，浪漫不是华丽语言的伪饰，它需要我们用行动来表达。浪漫，从来都是相濡以沫的支持，或是风雨中一起面对的豪情。浪漫，本色至纯！

爱情不是仙人掌

女孩送给男孩玫瑰种子和花盆，男孩说要种出最美丽的玫瑰送给女孩，他们一起等待着。

后来，男孩迷上了上网，几天不找女孩是常有的事，女孩也越来越难找到他。但男孩一回到家，就会先去看看玫瑰，看到玫瑰垂头丧气、病恹恹的，他总会责怪自己的疏忽，赶紧为它浇水施肥，日夜守护着它，希望玫瑰早日开出美丽的花朵……

一天，他惊喜地看到玫瑰长出第一个花苞，高兴地打电话给女孩。等了很久他的电话的女孩，开心地听他用兴奋的语气说着："很快我就可以送你一束我亲手种的玫瑰了！"

男孩依然整日整夜地去玩，在家的时间越来越少。许久未见到男孩的女孩，终于来到男孩的家，她看到干枯的玫瑰残留着一片花瓣，似乎不放弃地在等着她。女孩看着奄奄一息的玫瑰，再看看镜中憔悴的自己，不禁滴下了一滴眼泪，而残存的最后一片花瓣也在此时落下。

回到家的男孩着急地奔向窗台，看到原本放置玫瑰的地方却放着一盆仙人掌，还有一张字条。上面是女孩秀丽的笔迹："我走了！送你一株仙人掌，它不用时时浇水与照顾，但是不管多么耐旱的植物，也会有枯死的一天。"

智慧感悟

　　爱情是需要呵护的，不要总将别人的付出视为理所当然。若不用心去呵护，终有一天你会发现爱情之花已经枯萎。认真对待爱情，珍惜每一天，享受生活的全部内涵，走过之后，你才不会因后悔当初而潸然泪下。

第三章

播撒善良，一路芬芳

善良是世界上最可爱的东西，也是世界无时无刻不在呼唤的。

善良就如天使的翅膀，可以带来绚烂和美丽。只因你善良的回眸，可能就会使一颗在寒冬中挣扎的心享受到春的明媚。善良又如沙滩上的粒粒细沙，看似平凡琐碎，但又无处不在，于细微处见精神。

善良不仅是物质上的给予，也是对人心灵与精神的关怀。善良如同盛开的花朵，为世间提供了美丽和芳香，为蜜蜂、蝴蝶提供了食物，也美丽了自己的一生。

灵魂最美的乐章是善良

一天凌晨，一辆超载的卡车撞进了一栋民房里。顷刻间，房屋倒塌，卡车内的几个人当场死亡，房屋里也埋了5个人。

由于是凌晨时分，附近居民面对惨祸束手无策。在等待救助人员时，废墟里的一个人将头露在了外面。由于失血过多，他的呼吸越来越微弱。

这时候，一个青年男子俯身对那个探出头的人喊道："不要闭上眼睛！要坚强，你可以和我说说话，但千万不要闭上眼睛。"那个被埋者的眼睛睁开了，眼神中隐藏着一丝恐惧和一丝谢意。

年轻男子和那个被埋着的人说着话，问他：你今年多大年龄了？在哪里工作啊？做什么工作啊……

救援人员终于赶到了，被埋的男子被送往医院抢救。有人问喊话的年轻男子和被埋者是什么关系，喊话的年轻男子说道："我不认识他，我只是开出租车路过这里。"

原来，灵魂最美的乐章是善良。

★★★★★★★★★★
☆智慧感悟☆
★★★★★★★★★★

相逢不必曾相识，是内心的善良让这位年轻的男子帮助了受伤的男子。

善行是人类一切行为中最感天动地的，也是最有感染力的行为。人们几乎可以不用任何语言，就可让他人感受到行善者心中强烈的爱，以及阳光般的温暖。

善良之心温暖你和我

一个冬天的晚上，洛华德的妻子不慎把皮包丢在了一家医院里。洛华德焦急万分，连夜去找，因为皮包内装着10万美元和一份机密的市场信息。

当洛华德赶到医院时，看到一个瘦弱的女孩靠着墙根蹲在走廊里，在她怀中紧紧抱着的正是他的皮包。

这个女孩叫丽莎，是来这家医院陪妈妈治病的。妈妈的病已经很严重了，需要一大笔钱，这使丽莎几乎绝望了。她是在医院走廊发现这个皮包的，里面的钱足以给妈妈治病，但她毅然决定等待皮包主人的到来。

洛华德感激不已，主动提供了她们急需的帮助，但是，丽莎的母亲还是去世了。所幸，洛华德靠失而复得的10万美元和那份市场信息而生意日渐兴隆。他决定收养丽莎。丽莎接受了良好的教育，并成了洛华德的得力助手。

洛华德临危之际，留下这样一份遗嘱：

"在我认识丽莎母女之前我就已经很有钱了。但她们让我领悟到了人生最大的资本是品行。我收养丽莎不是因为同情，而是请了一个做人的楷模。有她在我的身边，生意场上我会时刻铭记哪些该做、哪些不该做，什么钱该赚、什么钱不该赚。这就是我后来事业发达的根本原因。"

"我死后，我的亿万资产全部留给丽莎。这不是馈赠，而是为了我的事业能更加兴旺。我深信，我聪明的儿子能够理解爸爸的良苦用心。"

洛华德从国外回来的儿子仔细看过父亲的遗嘱后毫不犹豫地在财

产继承协议书上签了字："我同意丽莎继承父亲的全部资产。只请求丽莎能做我的夫人。"丽莎看完富翁儿子的签字，略一沉吟，也提笔签了字："我接受先辈留下的全部财产——包括他的儿子。"

★智慧感悟★

爱心可以创造奇迹，爱心可以带来温暖，任何一种真诚而博大的爱都会在现实中得到应有的回报。当你给别人带去关怀和温暖时，你也一定能得到人间的真情。

陌生的关爱，足以改变一生

他对这个冷漠的世界已经彻底失去了希望，除了死他找不到其他解脱的方法。一天，他来到一家商店，想买一把水果刀，准备杀掉仇人之后永绝于世。

他反复试着刀锋，终于选定了一把。正待离开，售货员忽然叫住了他，把刀要了回来。他冷冷地站在那里，困惑地看着她往刀锋上一层一层地缠着纸巾，缠好之后，她手握刀锋，将刀柄一方朝着他，把刀递到他的手里。

"你这是干什么？"他问。

"这样就不容易碰伤人了。"女孩笑道。

"其实你不用管那么多，只需要卖刀就行了。"

"这里卖出的刀是用来削水果还是做别的，确实和我没关系，但我希望大家都能生活得好一些。"女孩说。

他拿起刀走出了商店，心里忽然十分温暖。原来这世界上还有人不为任何利益地关心着他。虽然不多，但这一点点也就足够珍贵了。

那天下午，他买了许多水果，仔细地用那把刀削着。他边吃边流泪边回想着那个陌生女孩的善意规劝，如果不是她，他的命运恐怕就要改写。自此，这把刀成了他警诫自己的法宝。

智慧感悟

每个人都应该在心中播种善良的种子，如此，日后方能绽放出绚烂的花朵。善良有时能把人从痛苦的深渊中拯救出来，并且带给他们希望。

善心成全孩子的爱

中午用餐高峰过去了，原本拥挤的小吃店，客人都已散去，老板正要喘口气看看报纸的时候，有人走了进来。那是一位老太太和一个小男孩。

老太太坐下来数了数钱，叫了一碗热气腾腾的面，将碗推到小男孩面前。小男孩吞了吞口水望着奶奶说："奶奶，您真的吃过午饭了吗？""吃过了。"一晃眼工夫，小男孩就把一碗面吃了个精光。

老板看到这个场面，走到两个人面前说："老太太，恭喜您，您今天运气真好，是我们的第一百个客人，所以午餐免费。"

一个月后的一天，小吃店老板看到那个小男孩蹲在小吃店对面不住地向这边张望，并数着什么。老板明白了，他赶快打电话给所有的老顾客，邀请他们过来吃面，当然是免费的。过了一会儿，客人越来越多，小男孩也数得越来越快了。

终于当第99个客人踏进店门时，小男孩匆忙跑到一个胡同里拉着奶奶的手进了小吃店。"奶奶，这一次换我请客了。"小男孩就像之前奶奶一样，坐在那儿静静地看着奶奶吃着热腾腾的面。

"也送一碗给那孩子吧。"老板娘不忍心地说。

"那小孩现在正在学习不吃东西也会饱的道理呢！"老板回答。

吃得津津有味的奶奶问小孙子："要不要留一些给你？"

没想到小男孩却拍拍他的小肚子，对奶奶说："不用了，我已经吃饱了，奶奶您看……"

★智慧感悟★

老板免费提供的那顿午餐，让小男孩记住了可以用这样的方式去请奶奶吃饭，以回报奶奶对自己的关爱。老板一个善举成全了孩子的爱心。人人有爱，社会有情。在这个社会上，"第一百个客人"可以是我们周围的每一个人——如果我们都能善待"第一百个客人"，还会有那么多的遗憾吗？

危难中要善于给予希望

郭老师高烧不退。经透视发现胸部有一个拳头大小的阴影，怀疑是肿瘤。

同事们纷纷去医院探视。回来的人说：有一个女的，叫王端，特地从北京赶到唐山来看郭老师，不知是郭老师的什么人，每天守在郭老师的病床前，喂水喂药端便盆。有时，郭老师和王端一人拿着一根筷子敲饭盒玩儿，王端敲几下，郭老师就敲几下，敲着敲着，两个人就神经兮兮地又哭又笑。对于这一切，郭老师的爱人居然没有表现出丝毫的醋意。于是，就有人毫不掩饰地艳羡起郭老师的"齐人之福"来。

十几天后，郭老师的病得到了确诊，肿瘤的说法被排除。不久，郭老师就回来上班了。有人问起了王端的事。郭老师说："王端是我以前的邻居。大地震的时候，王端被埋在了废墟下面，哭得嗓子都哑了——她怕呀，她父母的尸体就在她的身边。我家就剩下我一个人，我把王端看成了可依靠的人，就像王端依靠我一样，我对着楼板的空隙和王端说话，让她不要害怕。我和她约好，一人拿一块砖头，她敲几下，我就敲几下。直到第二天，吊车来了，王端得救了——那一年，王端11岁，我19岁。"

女同事们鼻子有些酸，男同事们一声不吭地抽烟。大家在一瞬间突然明白，原来生活本身比所有挖空心思的浪漫揣想都更迷人。

★☆★☆★☆★☆★
智慧感悟
★☆★☆★☆★☆★

处于危难中，没有比帮助更能感动人的了。在给处于危险之中的人以希望，给他们一个真诚的安慰时，也许自己什么都没有失去，但是对于需要帮助的人来说，他们却能得到战胜困境的决心和勇气。

适时奉献我们的爱

多年以前，在荷兰的一个小渔村里，一个勇敢的少年以自己的实际行动使全世界的人们懂得了无私奉献的报偿。

村民都以打鱼为生。那是一个漆黑的夜晚，巨浪掀翻了一条渔船，船员的生命危在旦夕。他们发出了求救信号。救援队的船长听到了警报，火速召集自愿紧急救援队的成员去营救，村民迎接他们时，却得知由于船容量所限，只能留下一人。

这意味着还有第二次营救。16岁的汉斯自告奋勇地报了名。他的母亲忙抓住了他的胳膊，用颤抖的声音劝阻他不要去，因为他的父亲丧生于海难，而他的哥哥3个星期前出海未归，生死未卜，此刻的他成了母亲唯一的依靠。

但汉斯对妈妈说："妈妈，我必须去！您想想，如果我们每个人都说'我不能去，让别人去吧'，那情况将会怎样呢？妈妈，您就让我去吧，这是我的责任。"汉斯张开双臂，紧紧地拥吻了一下他的母亲，然后义无反顾地登上了救援队的划艇，冲入无边无际的黑暗之中。等待真是太漫长了。终于，救援船再次出现在人们的视野中，只见汉斯站在船头向大家招手："我找到他了，妈妈，我找到了哥哥——保罗！"

智慧感悟

现代社会似乎每一个人都在抱怨人情太淡，没有诚信、善良可言。然而我们只是在奢望他人的给予，却把自己包裹得异常严实，舍不得献出一点爱心。很难想象，如果我们生存在一个无爱的世间，将是怎样的举步维艰与心酸？所以我们要适时地奉献我们的爱，让生活多一点温暖。

爱人者，人恒爱之

有一个白人女作家，住在黑人等车站牌前面3英里处，她为了让这里的黑人顺利地坐上公交车，而每天坚持走3英里来这里上车。因为，公交车司机们都有一种默契，有白人才停车。

一个冬日的早晨，刺骨的寒气紧逼每一个候车人，等车的黑人翘首远方，突然，人群骚动起来，车来了，一辆中巴正不紧不慢地开了过来。奇怪的是，人们仍站在原地，仍在翘首更远的地方，他们似乎并不急于上车，似乎还在企盼着什么。原来，女作家还没有来。这时，远方隐隐约约出现了一个身影，人群又一次骚动起来。是她！她走得很急，有时还小跑一阵，最后，黑人们几乎是拥抱着将她送上了车。她天天如此，风雨无阻。

女作家正是因为这种爱的力量，才会如此自然地做着他人觉得不可思议的"难"事。

☆智慧感悟☆

女作家对黑人默默地关爱，赢得了那么多人的喜爱。一个充满爱与尊重的人，也将得到他人的爱和尊重。有时候这些爱和尊重仅仅来自于一个小小的善举，就像女作家坚持走3英里一样仅仅是为了方便黑人上公交车。

同情，可以温暖冰冷的心

出身高贵的列夫·托尔斯泰小时候经常跟着农民的孩子在一起玩耍，可父母却经常告诫他："你是少爷，不要跟那些下等人一起玩儿。"列夫·托尔斯泰很生气："为什么农民的孩子就要低人一等呢？"随着年龄的不断增长，列夫·托尔斯泰的这种意识越来越强烈。他看到农民特别是农奴辛辛苦苦地为农奴主干活儿，却常常吃不饱、穿不暖，还要挨打挨骂，非常同情他们。他产生了解放农奴的念头。

列夫·托尔斯泰开始在自己的庄园实践自己的主张，尽管很多人都嘲笑他的做法。他把庄园由劳役制改为代役制，使农民摆脱了对庄园主的人身依附；他还放走了家里的农奴。

列夫·托尔斯泰还认为，教育在社会改革中能起重要作用。于是他开始兴办农民子弟学校供农民子弟免费入读。

由于列夫·托尔斯泰不断与人民接近，加深了和人民的感情，他把他各个阶段的探索融入他的作品，使作品更具深度。他一生奋斗不息，创作出《安娜·卡列尼娜》《复活》等非常优秀的作品。

★智 慧 感 悟★

越来越快的生活节奏和日益激烈的生存竞争使得人际关系日渐冷漠，同情心也变得弥足珍贵。也许只因你的一点点同情心，却挽救了一个人的生命；也许只因你的一点点同情心，却温暖了一颗冰冷的心。

善意的谎言，上帝也许听不见

深夜，一声刺耳的枪声打破了美国南部一个小镇的沉寂。镇上的警长和一名年轻警察听见枪声马上奔向出事地点。他们赶到现场，看见一位年轻人倒在卧室里，头下一摊血迹，身边有一支手枪，桌子上有一份刚写下的遗书。原来，他追求的少女昨天与另一个男人结婚了。年轻警察很同情这一家人，不仅因为他们刚失去了儿子，还因为这里的人都是基督徒，按照基督的教义，自杀者的灵魂将被打入地狱受苦。在这个思想保守的地方，这一家人从此会被看作异教徒，镇上体面人家将不会和他们来往，并且禁止子女和他们的孩子交往。

这时候，一直紧锁眉头的警长突然大声说："这不是自杀，而是一起谋杀。"并阐述了他的种种推断以说服大家。

从出事地点出来，年轻警察追问怎样才能破案，警长却告诉他：其实，年轻人确实死于自杀，而自己谎称凶杀是为了让死者的家属不用为他的灵魂担心了。他们在悲痛过去之后，还能像一个基督徒一样生活。

"可是，警长，你说了谎，这也是违背教义的。"

警长盯着他的助手，一字一字地说："年轻人，那一家人的生活比教义重要百倍。出于善良愿望说的一句谎言，上帝也许听不见。"

★智慧感悟★

上帝或许也爱睁一只眼、闭一只眼，他闭上双目的时候，也许就是愿让善意的谎言通行。有时候，真话会伤害他人，那么出于爱的谎言就显得很有必要。这并非是要我们放弃诚实，善意的谎言的前提是心中有爱，不存虚假与伪善。

带着爱上路，书写平凡的美丽

一所幼儿园高薪聘请 3 名教师，报名的女孩达 500 多人，竞争十分激烈。小静刚从乡下到那座城市不久，也报了名。小静的自身条件不算差，可是与众多的佼佼者相比，未必胜券在握。考试那天，快进考场时，虽然周围拥挤吵闹，可一个小孩的哭声还是吸引了大家。小孩因找不着家人，哭得很伤心。考试开始了，大家都走了进去。小静看大家都离开了，犹豫一阵之后，走过去将小孩抱进考场，向监考人说明了情况，然后才匆匆忙忙地答卷。考完之后，小静自我感觉不是很好。结局却出乎意料，小静收到了聘书，而且被校方作为一个教育范例极力表扬。原来，那个小孩是学校出的一道场外试题，只有小静一个人过关。校方认为，作为一名幼儿教师，最重要的是要有一颗爱心，任何专业技能都能学，而爱心却难以在课堂上学到。

测验可以考查个人的知识、技能、专业素质，却无法考验出一颗珍贵的爱心。这所幼儿园别出心裁的考试告诉我们带着爱上路，前途将是光明的。拥有爱心的人，会让平凡的世界变得更生动、更美丽。

善举无处不在，也无时不在

在南北战争时期的一次战斗中，北军指挥官龙德上尉与两名敌兵短兵相接。一番殊死搏斗之后，两名敌兵被他刺倒在地，而他自己也受了重伤。正准备离开战场时，身边一个微弱的声音吓了他一跳。

"请等等，请不要走！"那个刚被他刺倒的敌兵向他祈求着，"你当然不会知道，被你杀死的两人是亲兄弟。他是我哥哥罗捷，我想他已经不行了。我们原本无冤无仇，可是这可恶的战争……我不恨你。何况是二对一。但你确实太早一点把我们这对兄弟送入地狱了！看在上帝的分上，请帮帮我们！"

"你要我做什么？"龙德问。

"我叫厄尔，莎莉·布莱克曼是罗捷的妻子，他们结婚快两年了。不久前罗捷错怪了莎莉，她赌气跑回了父亲的农场，罗捷对此后悔不已。就在半个钟头前，我们还在谈论她，罗捷刚为她雕了一个小雕像。请告诉莎莉，罗捷爱她，我也……"说着，厄尔昏了过去。

龙德匆忙收拾了罗捷的遗物：一张兵卡；一块金表，上刻一行小字，"ONLY MY LOVE！SL"（我唯一的爱！莎莉）；一个握在手里的精美的女人头小雕像。而后，龙德背起厄尔，飞快地向战地救护所跑去。

两年后，战争结束了，厄尔回到家乡见到莎莉，两人泪流满面。

他们共同回忆罗捷，莎莉说："罗捷牺牲了，你负伤被俘，当时我也不想活在这个世界上了，是龙德救了我，他好几天不离左右，直到我有点信心了才离开，临走时留下了这张字条：'上帝知道我是无罪的，但我愿意死后承受炼狱的烈火！'"

此后，厄尔和莎莉从没放弃过寻找龙德。

★智 慧 感 悟★

龙德的善举融化了战争的残酷，而他的善举更让我们感动，让我们坚信世上还有温情的存在。战争中的善举更能显示出人性的高贵来。

第四章

感恩的心，让生命无比甘醇

花开时节，花儿清香飘溢，蜂蝶姗姗飞来；花落时节，花儿香消玉殒，冷风凄凄，可它依然坚强地孕育着果实，静静地准备下一个轮回的盛开。

叶绿时节，叶子默默无闻地护花遮阴；叶落时节，叶子随风悄然飘落，亲吻滋养过它的泥土，融入土壤，化作肥料，回报根对它的情谊。

我们也需要有一颗感恩的心，感谢我们的家人，是他们给了我们无私的爱；感谢我们的朋友，是他们在我们困顿时第一时间赶到我们身旁；感谢鲜花的绽放，绿草的如茵，鸟儿的歌唱，让我们感觉到美丽、充满生机的世界。感谢生活赐予我们的一切，使我们拥有了丰富多彩的人生。用感恩的心拥抱全世界，这个世界就是天堂。

在感恩的洪流里奔跑

1620 年，100 多位清教徒乘坐"五月花"号船到美国去寻求宗教自由。在寒冷的 11 月，他们在现在是马萨诸塞州的普利茅斯登陆。在第一个冬天里，他们受尽苦难，半数以上的移民死于饥饿和传染病，到春天来临时，只剩下 50 多人存活。善良的印第安人给移民们送来了生活必需品，还教他们怎样狩猎、捕鱼和种植。第二年，他们获得了丰收。为了感谢上帝的恩典和印第安人的帮助，大家决定要选一个日子来感谢这一切。1789 年，华盛顿总统在就职声明中宣布感恩节为美国正式节日。1863 年，美国总统林肯又宣布每年 11 月的最后一个星期四为感恩节。1941 年，美国国会通过每年 11 月的第四个星期四为感恩节。于是，在美国，感恩节以法律的形式固定下来。

感恩节的意思是感谢给予的日子。

在这个世界上，你所感恩的事情越多，你得到的也就越多。

★智慧感悟★

如果你想拥有美好的人生，那就常怀一颗感恩的心吧！令你心怀感恩的或许是孩子的健康平安，或许是朋友对你从来不间断的关爱。也许你会为早晨能从舒适的床上悠悠醒来，并且有早餐可吃而心存感激；也许你为经历了种种自我毁灭的行径之后，仍能存活至今而感激不已。不要保留、不要抗拒，就让自己在感恩的洪流里奔跑吧，人生的快乐就在其中。

及时报答父母的关爱

一位知名学者曾在书中写下了这样一段话：

当我1岁的时候，母亲给我喂奶，还给我洗浴。然而，我却只会用整晚的大哭大闹来报答她。

当我2岁的时候，母亲教我学步。然而，我却只会以在她叫我的名字的时候淘气地溜之大吉来报答她。

当我3岁的时候，母亲以她全部的爱心为我准备一日三餐。然而，我却只会用将碟子扔在地板上来报答她。

当我4岁的时候，母亲给了我几支蜡笔。然而，我却只会用将餐桌乱涂一通来报答她。

当我5岁的时候，母亲给我穿上了节日的新衣。然而，我却只会以弄得满身泥浆来报答她。

当我6岁的时候，母亲送我上学去。然而，我却只会以大嚷着"我才不想去读书哩"来报答她。

当我7岁的时候，母亲给我买了一枚棒球。然而，我却只会用拿球击碎邻居的玻璃窗来报答她。

当我8岁的时候，母亲给我冰淇淋吃。然而，我却只会用把裤子的膝部也滴脏了来报答她。

当我9岁的时候，母亲为我支付学钢琴的费用。然而，我却只会以"从不练琴"来报答她。

当我10岁的时候，母亲常常驾着车，将我从足球场送到体操馆，接着再将我送到又一个生日派对上。然而，我却以从来不回看她一眼就蹦跳下车来报答她。

当我11岁的时候，母亲请我和我的朋友去看电影。然而，我却以让她单独坐在不同一排来报答她。

当我12岁的时候，母亲提醒我不要看某些电视节目。然而，我却以趁她不在家时大看特看来报答她。

当我13岁的时候，母亲建议我去理一个她认为合适的发型。然而，我却用埋怨她"没有品位"来报答她。

当我14岁的时候，母亲为我支付了长达一个月的夏令营的费用。然而，她获得的报答却是：我全然忘记了给她写哪怕一封信。

当我15岁的时候，母亲下班回家来时总企盼着我会拥抱她。然而，我却以反锁上房门来报答她。

当我16岁的时候，母亲教我如何驾驶她的汽车。然而，我却以抓住所有机会抢开她的车来报答她。

当我17岁的时候，一次母亲正在等候着一个重要电话。然而，我却以整夜占着电话来报答她。

当我18岁的时候，母亲在我的毕业典礼上哭了鼻子。然而，我却以在毕业舞会上玩儿了个通宵而不回家来报答她。

当我19岁的时候，母亲支付了我的大学学费，亲自驾车把我送到了大学校园，还帮我提沉甸甸的箱子。而我却把她挡在了宿舍外向她道别，以免在新同学面前显得掉面子。

当我20岁的时候，母亲询问我是否有了喜欢的人。而我却回答说："这不关您的事呀。"

当我21岁的时候，母亲为我设计未来的职业。而我却回答说："我才不想步您的后尘哩。"

当我22岁的时候，母亲在我的大学毕业典礼上和我紧紧拥抱。而我却提出要求说："您是否为我支付一次到欧洲的旅行费用呢？"

当我23岁的时候，母亲为我买下的第一套公寓房提供了家具。而我却对朋友埋怨道："这些家具难看死了。"

当我24岁的时候，她遇见了我的心上人，并问及了我们对未来的打算。而我却对她大嚷道："我们自会好好安排的。"

当我25岁的时候，她帮助我支付了婚礼费用，还哭着告诉我她有多爱我。而我却毫不迟疑地迁徙至千里之外。

当我 30 岁的时候，母亲来电话提到了一些关于如何抚养婴儿的合理化建议。而我却说："现在的情况已经完全不同啦。"

当我 40 岁的时候，母亲在电话中提醒我某个长辈的生日马上到了。而我却推托说："眼下我正忙得团团转呢。"

当我 50 岁的时候，母亲生了病，需要我去照顾。而我却唠叨说："双亲有时也会变成晚辈的重担。"

然后有一天，母亲安静地驾鹤西去。所有我未曾来得及做的事情，便都会犹如敲击在我心头的声声霹雳，让我后悔，让我心痛。

★ 智慧感悟 ★

这样的感慨恐怕我们都会有。当我们还小时，将父母给予我们的爱视为理所当然，父母一生都在默默地奉献着，而我们报答父母的太少太少。从现在开始去爱你的父母，不要等到来不及报答时才后悔不已。

美味泡面中溢出来的爱

他与妻子离婚了，独自抚养一个 6 岁的小男孩。每当孩子和朋友玩耍受伤回来，他心里总不免非常难过。

一次出差，等他匆匆赶回家时，孩子已经熟睡了。旅途上的疲惫让他全身无力，他仰身倒在了床上。突然，他发现棉被下面竟然有一碗打翻了的泡面！

"这孩子！"他在盛怒之下朝熟睡的儿子的屁股一阵狠打。

"为什么这样调皮，把棉被弄湿了谁来洗？"这是他第一次打孩子。

"我没有……"孩子抽泣着,"我没有调皮,这……这是给爸爸吃的晚餐。"

原来,孩子知道爸爸晚上要回来,特地泡了两碗泡面,一碗自己吃,另一碗给爸爸。可是他怕爸爸那碗面凉了,所以放到棉被下保温。

他听了,不发一语地紧紧抱住孩子,泪流满面:"好孩子,谢谢你美味的泡面。"

★智慧感悟★

孩子因为担心爸爸的泡面凉了,就放在棉被下藏着以保温。虽然孩子这个举动略显可笑,却是孩子对爸爸的一片爱心。就是这样一个小小的细节感动了爸爸,它比任何语言、任何行动更加真实,发自内心的举动比任何其他事物都更能表达对父亲的感恩。

永远感谢已经拥有的

乡村有一对清贫的老夫妇,有一天老头牵着家中唯一值钱的马想到市场上去换点更有用的东西。他先与人换得一头母牛,又用母牛换了一只羊,再用羊换来一只肥鹅,又拿鹅换了母鸡,然后用母鸡换了别人的一大袋烂苹果。每次交换,他都想给老伴一个惊喜。当他扛着大袋子来到一家小酒店歇息时,遇上了两个英国人。闲聊中他谈了自己赶集的经过,两个英国人听了哈哈大笑,说他回去准得挨老婆一顿揍。老头称绝对不会,英国人就用一袋金币打赌,于是三人一起回到老头家中。

老太婆见老头回来,非常高兴,听老头讲赶集的经过。每听老头儿讲到用一种东西换另一种东西时,她都十分激动地予以肯定:"哦,我们有牛奶了！""羊奶也同样好喝。""哦，鹅毛多漂亮！""哦，我们有鸡蛋吃了！"诸如此类，最后听到老头子背回一袋已开始腐烂的苹果时，她同样兴奋地大声说："我们今晚就可以吃到苹果馅饼了！"

结果不用说，英国人输掉了一袋金币。

★★★★★★★★★ 智慧感悟 ★★★★★★★★★

生活给予什么，我们就接受什么，用一颗善于发现美好和感恩的心去善待生活，珍惜已经拥有的，这样，无论我们经历了什么，都会发现生活是美好的。

感恩，会让爱心继续传递

一位女作家曾写了这样一个真实的故事：

她的家在偏僻的乡村，那里很穷。她4岁的那一年，父亲病逝了，家中更加雪上加霜。过两天就是春节了，可家里已经没有任何值钱的东西可以变卖。

4岁的她已略微懂事，看着妈妈悲苦的神情，她想到自己养了半年的那只小白兔。那是父亲送给她的，她很喜欢，常说要将卖兔子的钱拿来上学。

她对妈妈说，卖了小白兔吧，好买面吃饺子。

妈妈的泪水落下来。妈妈知道那是女儿的全部希望，可是家里再也没有东西可卖了。4岁的她把小白兔装进背篓就到集市上去了。她蹲在街边，两只小手抓着小白兔的两只耳朵，向过往的行人喊："谁买小白兔！"

喊了多少遍，过了多长时间，她记不清了。临近中午时，一个穿制服的人在她面前停了下来。他问她为什么卖小白兔，家里大人为什么让她来卖。她全说了，从父亲买小白兔，到她养小白兔，还有她的希望。

她记得那人沉思了好久，掏出了 5 元钱，又从上衣口袋里拿出一支钢笔递给她说："小白兔不要卖了，还是养着将来上学用，这支笔送给你学写字。"随后，那人帮她把小白兔装进背篓里，让她赶快回家。

5 元钱，在当时是一笔不小的数目，尤其对于她这样的家，简直是巨款。她们买了白面，还有一点肉。

这几十年来，她无时无刻不在寻找那个恩人，凭着她仅存的一点模糊记忆，但她一直都未找到。她一生中接受过很多帮助，但这次帮助却是最令她刻骨铭心的一次。她终生矢志做一个有爱心的人，尽己所能帮助那些身处困境的人，以此作为对恩人的回报。

★★★★★★★★★★★
★智 慧 感 悟

陌生人一个善意的举动，便在小孩子心里埋下了感恩的种子。爱与感恩是可以传播的，做一个有爱心的人，去帮助需要帮助的人，把爱心传递下去，这就是对爱心最好的回报。

感恩，让每天都有一个美丽的奇迹

有一位拉丁美洲作家曾经写过一本震撼人心灵的书，他写道：

故事发生在脱离前南斯拉夫而独立的斯洛文尼亚共和国的一所精神病医院内。它作为贴近现实、反映现实的一部小说，书中所表现的社会问题是多角度的，但书中表现最突出的，是对现实生活的赞颂，它给人们带来了摒弃偏见，珍爱生命，掌握命运，把生活中的每一天当作奇迹来对待的启示。

书中的主人公韦罗妮卡因自杀未遂而被送进了精神病院，该院的负责人伊戈尔医生将她作为了研究治疗维特里奥洛中毒的试验品。伊戈尔医生瞒着所有的人，让护士每天给韦罗妮卡注射一种名字叫费诺塔尔的药物，制造了一种假象，让韦罗妮卡像是心脏病发作的样子，进而使她深信自己注定很快就会死去。在"来日无多"的忧患意识支配下，韦罗妮卡摒弃了以前一直束缚着她的偏见，很直率地要把自己的爱献给一位愿意听她弹琴的精神分裂症患者埃杜阿尔德。

在她得知自己只能活"24个小时"的情况下，她坚持让医生给她服一种药，使她能醒着，她想利用好自己生命中的每一分钟。因为以前，当她生命还很漫长的时候，她总是把许多的事情推迟到将来去做。而现在，她决定要活个痛快、活个充实，她要投入到一个男人的怀抱，再投入城市，投入生活的怀抱，最后永远地投入到死亡的怀抱中去。

韦罗妮卡必将死去的消息让许多住院患者受到触动，很多人开始重新审视自己的生活。原来患抑郁症的泽德卡获准出院，她要去寻求一种冒险生活。患恐惧症的律师马莉也给院方留下了一封信走了，她想去战后的萨拉热窝救助那里的儿童。而韦罗妮卡则和埃杜阿尔德共同从医院逃出来，可24小时过去了，韦罗妮卡却依然还很好地活着。而这一点也恰恰是全书的关键，因为韦罗妮卡本来就不会无可挽回地死掉，她只是伊戈尔医生瞒着所有的人把她视为豚鼠做的医学试验，医生的试验成功了，韦罗妮卡也当然还活着。

★智慧感悟★

我们能不为这种精神震撼吗？学会感恩，并不是为了别人曾经救济过你什么，而是为了生命本身还呼吸着。

其实，每个人的生命都是脆弱的，每一秒钟也都有发生各种意外的可能性，因此，我们也应该将每一天当作一个奇迹来对待。这样，我们就会珍惜我们现在所拥有的，处处保持一种"我只有一次机会"

的自断后路、义无反顾的气概。懂得自己重用自己，勇敢热烈地去追逐，不断地去创造，最大限度地发挥自己的特长。

感恩我们所见到的每一天吧，每一个光亮，每一处声音，都是值得让我们激动的奇迹！

心存感激，主动报答

一个猎人上山打猎，看见一只狼卧在山坳里，当他举起猎枪瞄向狼的时候，狼没跑，仍卧在那里。猎人不明，近前一看，发现是只怀孕的母狼。而且很可怜，原来这只狼一条腿折了。狼看着猎人，像是在乞求猎人饶它不死，猎人心软了，不但没有杀它，还将它的伤腿进行了敷药包扎。

冬天到了，一场大雪封住了猎人的家门，他一连好几天都无法上山打猎。一天夜里，猎人听到自家靠山根的后院里，"扑通扑通"的，像是有人在往院里扔东西。第二天，猎人开门一看，院里扔了几只野兔和山鸡。以后每逢下大雪不能上山的时候都是这样，原来是狼在报恩。

★智慧感悟★

动物尚且知道"知恩图报"，人在接受别人的帮助以后更应该懂得去感恩。无论是在生活中还是成长中，我们都应该心怀无限的感恩之情。要知道，懂得感恩是人的一种美好而优秀的品质。俗语云："知恩图报，善莫大焉。"常怀感恩之心也就拥有了人类最微小也最不能丢失的美德，也就拥有了成功的基础。

感恩是对生命过程的一种珍惜

有一个善良的人，死后升上天堂，担任天使一职。他当上天使之后，仍然坚持到凡间帮助人类，希望感受幸福的味道。

一日，天使遇见一个农夫，农夫的样子非常苦恼。农夫向天使诉说："我家的水牛刚死了，没有它来给我犁田，那我怎能下田耕作呢？"

于是天使赐给他一头健壮的水牛，农夫非常高兴，天使也受他的感染，感受到了幸福的味道。

又一日，天使遇见一个流浪者，流浪者非常沮丧地向天使诉说："我的钱全被别人骗走了，没有盘缠我怎么回家啊？"

于是天使给他银两做路费，流浪者很高兴，天使也因为自己为别人提供了便利而感受到了幸福的味道。

又一日，天使遇见一个作家，作家年轻、英俊、有才华且富有，妻子美丽又温柔，但是他却总是闷闷不乐。

大使问他："你不快乐吗？我能帮你吗？"

作家对天使说："我什么都有，只差一样东西，你能够给我吗？"

天使回答说："可以。你要什么我就给你什么。"

作家直直地望着天使："我要的只是幸福。"

这下子把天使难住了，天使想了一会儿，说："我知道了。"

天使把作家所拥有的都拿走，拿走作家的才华，把他变得非常丑陋，带走了他的财产和他的妻子。天使处理完这些事之后，就离开走了。

一个月后，天使再回到作家的身边。

作家已经饿得半死，衣衫褴褛地躺在地上挣扎。

于是，天使把他原来的一切都还给他。然后，又离开了。

半个月后，天使再去看望这位作家。

这次，作家搂着妻子，不住地向天使道谢。

因为他得到幸福了。

一个人只有懂得珍惜，懂得感恩，他才能获得幸福。

感恩是对生命过程的一种珍惜，是一种内在的心灵感觉，在某一刹那，心中的某一根隐秘的弦，忽然被牵动，泛出圈圈甜美的满足感，那便是幸福。

但令人遗憾的是，现实中有很多人却忽略了这种由感恩而引发的幸福感觉，把追求幸福当成了一项必须为之奋斗的事业，不知感恩，不知珍惜，结果反而离幸福越来越远，越来越觉得空虚，越来越不快乐。

另一个故事讲到，曾经有一个年轻的贵族，有一天他突然想离开家乡，去寻找他想要的幸福。因为在他们国内有一位非常伟大的巫师跟他说："幸福是一只青色的鸟，有着世界上最美妙清脆的歌喉，如果找到它，就要把它马上关进一个黄金做成的笼子里，这样，你就能得到你想要的幸福了。"

他听了这位巫师的话，不顾父母的苦苦挽留，就带了一个黄金笼子踏上了寻找那只代表幸福的青鸟之路。英勇的贵族，一路上遇到许多艰难险阻，但是他都没有退却，只因为在他心中有那个支撑着他的梦想。他经过了许多国家，得到了很多以前从没看过、从没听过的知识，成了一个见多识广的人。

一路上，他抓过很多青色的鸟，但是总在放进黄金鸟笼后，鸟便不知什么原因就死去了。他知道，那不是他想寻找的幸福。

后来，黄金鸟笼变得陈旧了，贵族也不再年轻。他突然强烈地想念远方的父母。于是他回到了自己的家乡，才发现物是人非。他的父母早在他离去没多长时间，就因为过度的悲伤和思念而离开了人世。

无家可归的贵族在荒凉的街头落寞地走着，这时有一个鬓发斑白的老人拉住了他的衣角，盯着他怀里的黄金鸟笼子。

"大巫师!"贵族认出了他，失声叫道。

"孩子，我对不起你，我真不应该让你去寻找青鸟。"老人难过地说道，他从破旧的口袋里掏出了一件物品，"这是你父母在去世前要我交给你的一样东西，他们要你好好珍藏。"说完，老巫师便摇着头，样子很哀伤地离去了。

贵族一看，原来那是他父亲为他雕的一只黄莺。在这一刻，所有的回忆都在他脑中涌现，贵族流出了悲伤的眼泪，他把这只木鸟紧紧地抱在怀中，十分懊悔。突然，他感到怀里的木鸟动了动，叫出了声音，贵族一呆，那就是幸福的青鸟，但他还没来得及将它放进黄金鸟笼，一不注意就让它飞走了。

智慧感悟

人每每要到失去后，才懂得珍惜。

其实，只有懂得感恩，你才会真正幸福。

肚子饿的时候，有一碗热腾腾的拉面放在你面前，感恩于别人的热心，你会幸福。

累得半死的时候，躺在软软的床上，感恩于生活的美好，你会幸福。

痛哭的时候，旁边有人温柔地递来一张纸巾，感恩于别人的理解，你会幸福。

......

幸福本没有绝对的定义，平常一些小事也往往能撼动你的心灵，幸福与否，只在于你怎么看待你所拥有的，是否懂得珍惜，是否懂得感恩。

感恩，就是一种对生命过程的珍惜。

感恩这个世界给我们的情分

被称为战国四君子之一的孟尝君有一段经历很值得我们今天的人一读。

孟尝君在自己的领地广招门人食客，并给予优厚的待遇。于是，天下有识之士，都竞相投奔归附。一时间，食客就达数千人，影响甚大。秦国对孟尝君的才能深为恐惧，便使用了离间之计，使孟尝君失去了齐国相国的职务。树倒猢狲散，他的食客也接二连三地离开了他。

后来，他的食客中有位叫冯谖的人，用计使孟尝君官复原职。孟尝君感叹地对冯谖说道："我对待客人很热情，在招待上也没什么疏忽，以致食客人数达到了三千有余。而我一旦失去地位，他们全都背弃我而去，没有人来看望我。幸好有你助我一臂之力，才重新恢复了地位。看那些家伙有什么脸面再来见我？如有厚着脸皮回到我这儿来的人，我必将朝他脸上啐唾沫而大加羞辱。"

而冯谖却对他说："富贵时，大家都来投奔；落魄了，朋友四处流散，这是理所当然的。您看菜市场，早晨熙熙攘攘，到了晚上就变得空空荡荡了。这并不是人们喜欢早晨，讨厌晚上，而是因为早晨有要买的东西，所以人们聚集到市场上，而晚上没有东西可买，人们就不去市场了。食客们由于您丧失地位而离开您也与此相同，这是由于他们所求的东西没有了，所以您不应该记恨他们。"

孟尝君听冯谖这样一说，立刻心领神会，仍一如既往地对待再次归附到他门下的食客们。

孟尝君虽然愤怒，但还是替别人多想了一些：食客们之所以投奔而来，是对自己抱有很大的期望，想在相国身边干些业绩；自己失势了，对方的期望落空了，哪有不走之理？所以，是自己的沉浮，影响了他们的去留。想通了之后，孟尝君不再记恨他们，照样敞开胸怀接纳这些人，体现了自己的君子风度。

★智慧感悟★

生活在这个世界上，有时候我们会遭遇孟尝君一样的背叛，假如我们不能了解别人的期待与失望，也就无法打开自己的心结。而一个耿耿于怀的人，伤害的不仅是别人，还有自己的快乐与内心。

父母的爱，是我们不能忘却的恩情

这是一个风和日丽的日子，树林中各种各样的鸟类都从巢中飞了出来，给寂静的树林带来了勃勃生机。

可是老戴胜鸟和它的老伴却飞不出窝巢了。老戴胜鸟的子女都已经长大，能够独立生活了，因此，夫妻俩商量，决定安心地待在窝里，静静地等待那迟早总会降临的时刻。

但老戴胜鸟想错了，这天早晨，它们的大儿子就带着一些好吃的东西，专程来看望它们。小戴胜鸟发现年迈的双亲身体不好，立即飞去把这个消息告诉了它的兄弟姐妹们。

老戴胜鸟的儿女们很快都到齐了，它们聚集在双亲的旧巢前，陪伴着父母。年轻的戴胜鸟们为父母搭建了一所新房子，并找到了治疗父母眼睛的药。

快乐的一天终于到来了，老戴胜鸟和它的老伴睁开眼睛，向四周张望，它们认出了自己孩子的模样。孩子们都高兴极了，并准备了丰盛的食物，好好地庆祝了一番。

知恩的子女们就这样用自己纯真的爱报答父母的养育之恩。

俗话说："人非草木，孰能无情。"父母为了我们操劳了一生，现在就是我们报答他们的时候。也许你因为学习、工作等各种原因已经长期地冷落了他们，但愿在你读了这个故事之后能够拿起电话，给父母送去久违了的问候。

天天都是"感恩节"

一次美国之行，让一位作家改变了自己对感恩的理解。

那是在洛杉矶的一家旅馆。她发现自己的右前方有3个黑人孩子，在餐桌上埋头写着什么。在就餐的时间、就餐的地方，这3个孩子却没做与吃饭有关的事。她难以按捺心中的好奇，试探着走了过去。在这些孩子的应允下，她坐在了他们旁边。这3个孩子中一个约莫十二三岁、戴眼镜的男孩是老大，女孩八九岁是老二，另外一个小男孩五六岁是老三。从谈话中作家了解到，他们和母亲是暂时住在这家酒店里的，因为他们正在搬家，新房还未安顿好。

当作家问他们在做什么时，老大回答说正在写感谢信。他一副理所当然的神情让作家满脸疑惑，这3个小孩一大早起来写感谢信？她愣了一阵后追问道："写给谁的？""给妈妈。"她心中的疑团一个未解一个又生。"为什么？"她又问道。

"我们每天都写，这是我们每日必做的功课。"孩子回答道。哪有每天都写感谢信的？真是不可思议！作家凑过去看了一眼他们每人手下的那沓纸。老大在纸上写了八九行字，妹妹写了五六行，小弟弟只写了两三行。再细看其中的内容，却是诸如"路边的野花开得真漂亮"

"昨天吃的比萨饼很香""昨天妈妈给我讲了一个很有意思的故事"之类的简单语句。作家心头一震，原来他们写给妈妈的感谢信不是专门感谢妈妈给他们帮了多大的忙，而是记录下他们幼小心灵中感觉很幸福的一点一滴。他们还不知道什么叫大恩大德，只知道对于每一件美好的事物都应心存感激。他们感谢母亲辛勤的工作，感谢同伴热心的帮助，感谢兄弟姐妹之间的相互理解……他们对许多一般人认为是理所当然的事都怀有一颗感恩的心。

★ 智慧感悟 ★

人生在世，不如意事十有八九。如果我们囿于这种不如意之中，终日惴惴不安，那生活就会索然无味。相反，如果我们像这些孩子一样，拥有一颗感恩的心，善于发现事物的美好，感受平凡中的美丽，那我们就会以坦荡的心境、开阔的胸怀来应对生活中的酸甜苦辣，让原本平淡的生活焕发出迷人的光彩！

接受帮助，懂得馈赠

一只小老鼠掉进了一只桶里，怎么也爬不出来。小老鼠吱吱地叫着，它发出了哀鸣，可是谁也听不见。可怜的小老鼠心想，这只桶大概就是自己的坟墓了。正在这时，一只大象经过桶边，用鼻子把小老鼠救了出来。

"谢谢你，大象。你救了我的命，我希望能报答你。"

大象笑着说："你准备怎么报答我呢？你不过是一只小小的老鼠。"

过了一些日子，大象不幸被猎人捉住了。猎人们用绳子把大象捆了起来，准备等天亮后运走。大象伤心地躺在地上，无论怎么挣扎，也无法把绳子扯断。

突然，小老鼠出现了。它开始咬绳子，终于在天亮前咬断了绳子，替大象松了绑。

"你看到了吧，我履行了自己的诺言。"小老鼠对大象说。

★智 慧 感 悟★

我们每个人在生命的旅程中，都会得到别人的帮助，接受他人的恩惠。我们应该用心记住这些，并且用感恩之情回报这个世界，那么生活在我们眼里就会变得越来越美好。

感恩让人内心安宁，静享愉悦

李嘉诚早年由于生计所迫，14岁时就到港岛西营盘的春茗茶楼当了一名小伙计。在这间茶楼，发生了一次使李嘉诚终生难忘的"饭碗危机"。一位生意人在大谈生意经，李嘉诚听得入迷，竟忘了伺候客人茶水。待听到大伙计叫唤，才慌里慌张地持茶壶为客人冲开水，结果不小心洒到茶客的裤脚上。老板立即跑过来，正待斥责李嘉诚，不料那生意人茶客却为李嘉诚开脱说："不怪他，是我不小心碰了他。"

茶客走后，老板对李嘉诚说："我知道是你把水淋到了客人的裤脚上。以后做事千万得小心，万一有什么错失，要赶快向客人赔礼，说不定就能大事化小。这客人心善，若是恶点儿，不知会闹成什么样子。开茶楼，老板伙计都难做。"李嘉诚的母亲知道后，说："菩萨保佑，客人和老板都是好人。"她又告诫儿子，"种瓜得瓜，种豆得豆""积善必有善报，作恶必有恶报。"

李嘉诚从此再也没见过那位好心的茶客，他成为巨富后对友人说："这虽然是件小事，在我看来却是大事。如果我还能找到那位客人，一定要让他安度晚年，以报他的大恩大德。"

★★★★★★★★★★★★
智慧感悟
★★★★★★★★★★★★

人们常说要懂得感恩，感恩是一种心态，是对生活发自内心的热爱。无论处在多么恶劣的境地，感恩者都会记住自己拥有的那份爱。

人生旅途繁杂，不要忘记带上一颗感恩的心上路，这样你才会珍惜生命里拥有的东西，使内心得到安宁，使精神得享愉悦。

感谢大自然

一对年轻的美国夫妇在繁闹的纽约市中心居住。时间一长，他们觉得生活太千篇一律了，即使是那些花样繁多的休闲娱乐项目，也像是麦当劳的快餐一样，只能满足一时的胃口，却很少留下余香。于是，他们决定去乡下放松放松。

他们开车到了一处幽静的丘陵地带，看见小山旁有个木屋，木屋前坐着一个当地居民。那个年轻的丈夫就问乡下人："你住在这样人烟稀少的地方，不觉得孤单吗？"

那乡下人说："不！绝不孤单！我凝望那边的青山时，青山给我一股力量。我凝望山谷，每一片叶子包藏着生命的秘密。我望着蓝色的天，看见云彩变幻成永恒的城堡。我听到溪水潺潺，好像在向我的心灵细诉。我的狗把头靠在我的膝上，从它的眼中我看到忠诚和信任。我的孩子们衣服很脏，头发蓬乱，可是脸上却挂着微笑，叫我'爸爸'。我碰到悲愁和困难的时候，太太的两只手总是支持着我。所以我知道上帝总是仁慈的。"这绝对是一种最佳的回答。能怀着感恩的心态去品味一切，并和周遭的事物融为一体，喜悦和幸福的感觉便会在内心滋长。

★ 智慧感悟 ★

大自然是我们最好的朋友，当我们感觉孤独难耐时，试着走进大自然，吹吹大自然清爽的风，嗅嗅花草的香气，心情就会渐渐地开朗起来。欣赏大自然带给我们的壮观美景时，一切苦闷和阴影都会散去，你的心情会更加舒畅。此外，我们还要感谢大自然赐予我们的宽广胸襟，让我们更好地享受生活。

良师难遇：知恩，惜恩，报恩

1991 年，季羡林先生赴山东参加了山东大学 90 周年校庆。在主席台上讲话时，他称呼台下的同学为"小师弟小师妹们"，全场一片错愕。

众所周知，季老毕业于清华大学。在全场师生的好奇下，季老讲述了这样一段往事。

由于从小家贫，家中无钱供他读书。6 岁的季羡林来到济南投奔叔父。1936 年，他进入山东大学附属中学读书。当时山大的校长是王寿彭，兼任山东省教育厅厅长以及附中校长。除了在教育界的显赫声名和地位，王寿彭先生还是民国著名的书法家。

叔父曾经开玩笑似的对季羡林说过："季家的全部家当也没有王校长的一幅字值钱呀！"

那时候，季老白天在学校上课，晚上回家后还要帮叔父打理杂货铺。生活的艰辛与学习的枯燥让他很快对读书丧失了兴趣。于是，他便萌生了退学的念头。

王校长得知此事后，找到了季羡林，在进行了一番耐心的教导之后，王校长对他说："如果你能回到学校好好读书，期末考试考取全班第一的话，我就送你一副对联，还给你题一把扇子。"

于是，季羡林又回到了学校，开始发奋学习，终于在期末考试中取得了全班第一。当他接过王校长送给他的对联和题过字的扇面的一刻，他终于发自内心地爱上了读书。当时王寿彭校长给季羡林题的对联上写道："能将忙事成闲事，不薄今人爱古人"，并印上了"王寿彭印"和"癸卯状元"两枚印章。扇面上则恭录了清代诗人厉鹗的一首诗："净几单床月上初，主人对客似僧庐。春来预作看花约，贫去宜求种树书。隔巷旧游成结托，十年豪气早消除。依然不坠风流处，五亩园开手藓蔬。"在扇面末端，王校长还题写了这样一行字："录《樊榭山房诗》，丁卯夏五，羡林老弟正，王寿彭。"

季老坦言，当时他同意回学校只是因为叔父那一句玩笑话，为了那幅超过"季家全部家当"的字，而这段刻苦学习的日子却让他发现了学习的乐趣。

"没有山东大学，没有王校长，就没有我季某的今天。"季老最后说道。他话音未落，台下便响起了雷鸣般的掌声。

这一段往事被广为流传，季老的不忘本、念师恩也为人称颂。季老曾在文章中这样写道："在我所知道的世界语言中，只有汉语把'恩'与'师'紧紧地嵌在一起，成为一个不可分割的名词。这只能解释为中国人最懂得报师恩，为其他民族所望尘莫及。"

尊师重道是中国人的传统，古今皆然。在季老的记忆中，有许多人难以忘记，而其中曾经教诲过他的老师们，更是时时直抵他的心灵深处，让他深深地感恩着。

1930 年，20 岁的季羡林考入清华大学西洋文学系，专业方向德文，从师吴宓、叶公超学东西诗比较、英文、梵文，并选修了陈寅恪教授的佛经翻译文学、朱光潜的文艺心理学、俞平伯的唐宋诗词、朱自清的陶渊明诗。他们都曾在季老求学路上予以点拨，也成为老人一生敬重的人。

他曾经写过一本书，名为《季羡林谈师友》，在书的最开始，季老就追忆起自己的老师，从小学起，一直到赴德留学期间，每一位曾经影响过他生命的老师都成为他怀念并感恩的对象。在季老心中，虽然时间已经过去很多年，有些老师的名字、模样甚至都已经模糊，但对他们深深的敬重并没有减少几分。季老明白，没有先辈的教诲，便没有自己今日的成绩。所以，对各位恩师，他的心中只有一如既往的敬重。

季老是个懂得知恩、惜恩的人，他深知遇到一位良师不容易，所以格外珍惜。在追忆他的授业恩师陈寅恪先生时，他格外动情地表达着对老师的感恩和怀念，并决心以自己的努力来学习恩师的著作，宣扬他的学术成就，唯有这样才能以报师恩。这就是怀着一颗感恩之心的季老，他惜恩、报恩，唯有如此，恩情才能得到更长久的延续。

一个人无论取得多大的成就，都不能忘记老师的恩情。因为最初为我们开启智慧之门的就是老师，他让我们的心智变得成熟，见识变得广阔；他教我们治学、处世、为人；他使我们拥有高尚的道德，明确奋斗的目标，发现自己的价值。师者为我们传道、授业、解惑，学生理当知恩，惜恩，报恩。

★智慧感悟★

老师的爱，无私中透露着平凡；像一股暖流，渗入我们的心田；像一种呼唤，帮助我们落寞的心灵找到回家的路；像一阵春风，给我们温暖和温馨。感恩老师，是一种神圣而必需的美德。

感恩对手甚至敌人

米勒在小镇上有一家米店。这家米店是他爸爸传下来的。他爸爸又是从他爷爷手里接过来的。他爷爷开这家米店的时候，南北两方正在打仗。

米勒买卖公道，信誉很好。他的米店对镇上的人来说就像自己的手足，不可缺少。米勒的儿子在长大，米店就要有新接班人了。

可是有一天，一个投资者笑嘻嘻地来拜访米勒，情况便变得严重了！此人说，他想买下这铺子，请米勒自己作价。

米勒怎舍得自己的米店？即便出双倍价格他也不能卖！这家米店不光是铺子，这是事业，是遗产，是信誉！

投资者耸耸肩，笑嘻嘻地说："抱歉，我已选定街对面那幢空房子，粉刷一番，弄得富丽堂皇，再进些上好货品，卖得便宜，那时你就没生意了！"

米勒眼见对面空房贴出了翻新告白，一些木匠在里面锯呀刨呀，有一些漆匠爬上爬下，他感到气愤却又无计可施。最后，他无可奈何却又不无骄傲地在自家店门上贴了张告白："敝号系老店，95 年前开张。"

对面也换了一张告白："敝号系新店，下礼拜开张。"

人们对比读了，无不哧哧暗笑。

新店开业前一天，米勒坐在他那阴暗的店堂里想心事。他真想破口把对手臭骂一顿。

"米勒，"他的母亲用低低的声音缓缓地说，"你巴不得把对面那房子放火烧了，是不是？"

"是巴不得！"米勒简直在咬牙切齿，"烧了有什么不好？"

"烧也没用，人家保险过。再说，这样想也缺德。"

"那你说我该怎么想？"米勒火冒三丈。

"你该去祝愿。"

"祝愿天火来烧？"

"你总说自己是个厚道人，米勒，可一碰到切身事就糊涂。你该怎么做不是很清楚吗？你应该祝愿新店开业成功。"

"你是不是糊涂了？妈妈。"

说是这么说，米勒还是决定去一次。

第二天早晨新店还没开门，全镇人已等在外边。大家看着正门上方赫然写着："新美粮店"几个金字，都想进去一睹为快。

米勒也在人群中，他高高兴兴地跨到台阶上大声说："外乡老弟，恭喜开业，谢谢你给全镇人带来方便！"

他刚说完便吃了一惊，因为全镇人都围上来朝他欢呼，还把他举起来。大家跟他进店参观。谁都关心标价，谁都觉得很公道。那个投资者笑嘻嘻地牵着米勒的手，两个生意人像老朋友一样。

后来，两家生意都做得十分兴隆，小镇也一年年变大了。

★ 智慧感悟 ★

西方有这样一句谚语："感谢你的敌人吧，是他们使你变得如此坚强。"这句话说得颇有道理，因为朋友会在危难时帮你一把，而敌人却可在危难时成就你。

有了对手，才会有危机感，才会有竞争力。有了对手，你便不得不发愤图强，不得不革故鼎新，不得不锐意进取，否则，就只有等着被吞并、被替代、被淘汰。

第五章

原谅别人，就是放过自己

"君子贤而能容墨，知而能容愚，博而能容浅，粹而能容杂。"

原谅别人，不是迁就与放纵，而是折射人性光辉的一种品德，是沟通、融洽情感的润滑剂。矛盾的双方只要能如润滑剂一般，其创伤就会得到自然修复。

一份小小的原谅，可以化解久积于心中的怨恨，给别人一份关怀与容忍，你会得到"化干戈为玉帛"的欣喜与感动，细心体味五彩缤纷的人生。

仇恨害人害己

一位画家在集市上卖画，不远处，前呼后拥地走来一位大臣的孩子，这位大臣在年轻时曾经把画家的父亲欺诈得心碎而死。这孩子在画家的作品前流连忘返，并且选中了一幅，画家却匆匆用一块布把它遮盖住，并声称这幅画不卖。

从此以后，这孩子因为心病而变得憔悴，最后，他父亲出面了，表示愿意出一笔高价买这幅画。可是，画家宁愿把这幅画挂在自己画室的墙上，也不愿意出售。他阴沉着脸坐在画前，自言自语地说："这就是我的报复。"

每天早晨，画家都要画一幅他信奉的神像，这是他表示信仰的唯一方式。可是现在，他觉得这些神像与他以前画的神像日渐相异。这使他苦恼不已，他不停地找原因。忽然有一天，他惊恐地丢下手中的画，跳了起来：他刚画好的神像的眼睛，竟然是那大臣的眼睛，而嘴唇也是那么的酷似。

他把画撕碎，并且高喊："我的报复已经回报到我的头上来了！"

智慧感悟

报复会把一个好端端的人驱向疯狂的边缘，使他的心灵不能得到片刻安宁。唯有宽容，才能抚慰人暴躁的心绪，弥补不幸对你的伤害，让你不再纠缠于心灵毒蛇的咬噬中，从而获得自由。

饶恕别人的同时，就是宽恕自己

在日常生活中，经常会发生让自己不快的事情，我们往往会因为别人对自己的伤害心中满是惆怅，闷闷不乐，甚至气急败坏。其实，当我们在怨恨别人的同时，自己也沉浸在不快的情绪当中。受到伤害的，除了别人，还有我们自己。要让自己快乐、充实，就要忘掉别人对自己的伤害，将心中的不满、愤恨统统抛弃掉，饶恕别人的同时，就是宽恕自己。

有一对感情甜蜜的恋人经过长达5年的爱情长跑，跨越了多种障碍，终于登记结婚了。婚后的生活，虽然每月领着微薄的薪水，住着租来的房子，但两人仍然过得非常温馨。然而，命运总是喜欢捉弄人。妻子发现自己怀孕了，两个人早就想要一个孩子了，得知这一消息简直欣喜若狂。在妻子怀孕3个月后，在上班的途中，不料遭遇车祸。可怜的女人被紧急送往医院抢救，经过医生的奋力抢救，她的命保住了，但孩子没有了，医生告诉她这次车祸伤及了她的子宫，她很有可能以后不会再怀孕了。夫妻两人被这一晴天霹雳震惊了。

此后，这个家庭的生活彻底改变了。丈夫不再像以前那样心疼妻子，就像换了个人一样，对妻子不管不问。妻子心中对丈夫满是愧疚，自认为很对不起丈夫，尽管他对自己不再像从前那样，她还是尽心尽力照顾他的生活。不久，妻子就发现丈夫的行动越来越诡异。同事的一席话果然证实了她的猜想，丈夫发生了婚外情。她终日以泪洗面，苦苦哀求丈夫珍惜他们的幸福。但是，沉湎于另一段感情的男人哪里能听得进去，反倒告诉她说："你不能生孩子，总不能让我绝了后吧，对方已经怀孕了，你必须马上去和我办离婚手续!"妻子听后，心如刀割，此刻她也彻底明白了，他们昔日的感情已经荡然无存，决定离婚，成全他们。

在还没来得及领取新的结婚证之前，她的丈夫竟然意外遭遇了车祸，当场死亡。妻子得知这一消息后非常悲痛，甚至后悔自己没有早一点儿离婚成全他们。正当她躲在家里流泪的时候，一个大肚子的女人敲开了她的家门。打开门后，看到这个女人同样红肿的双眼，她明白了对方的身份。不错，这位身怀六甲的女人正是前夫的情人。她来的目的是恳求女人在孩子出生后收养这个孩子。这个昔日自己恨得咬牙切齿的女人竟然提出了如此非分的想法。她断然拒绝。但是，前夫的情人下跪来求她，他们尚没有领取结婚证，无法抚养这个孩子。这时，她的心动了，无论如何，这个孩子是无辜的，并且，孩子的身上流淌的毕竟还是丈夫的血。她终于答应了这个请求。孩子出生后，她收养了这个孩子，将其视如己出。

妻子在丈夫背叛自己的情况下，仍然在他死后，替他承担了责任。用自己的宽容、大度化解了昔日的仇恨。她的宽容在给这个孩子敞开了一扇大门的同时，也为自己打开了一条心灵的通道。

★★★ 智慧感悟 ★★★

以爱对恨，恨自然会消失，心中自然是洒满阳光。在宽容他人的同时，自己也收获了一份快乐。当自己的行为为别人提供了帮助，自己也会感到充实、幸福。有益于他人，也就是有益于自己，这也就是自己从宽容心态中得到的回报。

不原谅别人，倒霉的其实是自己

1944年冬天，苏军已经把德军赶出了国门，成百万的德国兵被俘虏。一天，一队德国战俘从莫斯科大街上穿过，所有的马路都挤满了人。他们每一个人，都和德国人有着一笔血债。

妇女们怀着满腔仇恨，当俘虏出现时，她们把手攥成了拳头。士兵和警察们竭尽全力地阻挡着她们，生怕她们控制不住自己的冲动。

这时，最令人意想不到的事情发生了：一位上了年纪的犹太妇女，从怀里掏出一个用印花布方巾包裹的东西。里面是一块黑面包，她把它塞到了一个疲惫不堪的、几乎站不住的俘虏的衣袋里。

她转过身对那些充满仇恨的同胞们说："当这些人手持武器出现在战场上时，他们是敌人；可当他们解除了武装出现在街道上时，他们是跟所有别的人，跟'我们'和'自己'一样的人。"

于是，整个气氛改变了。妇女们从四面八方一齐拥向俘虏，把面包、香烟等各种东西塞给这些战俘。

仇恨是带有毁灭性的情感，只会激化矛盾，酿成大祸。宽容心态却能轻易将恨意化解，让紧张的气氛化成脉脉温情。能将宽容心态给予敌对方，已经可以称得上圣洁了，即便只是一个贫苦的犹太老妇人，也完全担得起"伟大"两个字。

★★★ 智慧感悟 ★★★

英国作家乔治·赫伯特说："不能宽容的人损坏了他自己必须去过的桥。"这句话的智慧在于，宽容使给予者和接受者都受益。当真正的宽容产生时没有疮疤留下，没有伤害，没有复仇的念头，只有愈合。宽容是一种医治的力量，不仅能医治被宽容者的缺陷，还可以挖掘出宽容者身上的伟大之处。

此时的宽容，或许会带来彼时的机遇

小提琴演奏家艾德蒙先生曾经历了这样一件事。

有一天，当他走进家门的时候，突然听到楼上卧室里传来了小提琴的声音。

"有小偷！"艾德蒙先生马上反应过来，急忙冲上楼。果然，一个大约13岁的陌生少年正在那里摆弄小提琴。他头发蓬乱，脸庞瘦削，不合身的外套里面好像塞了某些东西。他被艾德蒙先生抓了个正着。

那少年见了艾德蒙先生，眼里充满了惶恐、胆怯和绝望，那是一种非常熟悉的眼神，刹那间，艾德蒙先生想起了往事……愤怒的表情顿时被微笑所代替，他问道："你是丹尼斯先生的外甥琼吗？我是他的管家。前两天，丹尼斯先生说你要来，没想到来得这么快！"

那个少年先是一愣，但很快就回应说："我舅舅出门了吗？我想先出去转转，待会儿再回来。"艾德蒙先生点点头，然后问那位正准备将小提琴放下的少年："你也喜欢拉小提琴吗？""是的，但拉得不好。"少年回答。

"那为什么不拿着琴去练习一下？我想丹尼斯先生一定很高兴听到你的琴声。"他语气平缓地说。少年疑惑地望了他一眼，还是拿起了小提琴。

临出客厅时，少年突然看见墙上挂着一张艾德蒙先生在歌德大剧院演出的巨幅彩照，身体猛然抖了一下，然后头也不回地跑远了。

艾德蒙先生确信那位少年已经明白是怎么回事，因为没有哪一位主人会用管家的照片来装饰客厅。

那天黄昏，回到家的艾德蒙太太察觉到异常，忍不住问道："亲爱的，你心爱的小提琴坏了吗？"

"哦，没有，我把它送人了。"艾德蒙先生缓缓地说道。

"送人？怎么可能！你把它当成了你生命中不可缺少的一部分。"艾德蒙太太有些不相信。

"亲爱的，你说的没错。但如果它能够拯救一个迷途的灵魂，我情愿这样做。"见妻子并不明白他说的话，他就将经过告诉了她，然后问道，"你觉得这么做有什么不对吗？""你是对的，希望你的行为真的能对这个孩子有所帮助。"妻子说。

　　3年后，在一次音乐大赛中，艾德蒙先生应邀担任决赛评委。最后，一位叫里奇的小提琴选手凭借雄厚的实力夺得了第一名。颁奖大会结束后，里奇拿着一只小提琴匣子跑到艾德蒙先生的面前，脸色绯红地问："艾德蒙先生，您还认识我吗？"艾德蒙先生摇摇头。"您曾经送过我一把小提琴，我珍藏着，一直到了今天！"里奇热泪盈眶地说，"那时候，几乎每一个人都把我当成垃圾，我也以为自己彻底完了，但是您让我在贫穷和苦难中重新拾起了自尊，心中再次燃起了改变逆境的熊熊烈火！今天，我可以无愧地将这把小提琴还给您了……"

　　里奇含泪打开琴匣，艾德蒙先生一眼瞥见自己那把心爱的小提琴正静静地躺在里面。他走上前紧紧地搂住了里奇，3年前的那一幕顿时重现在艾德蒙先生的眼前，原来他就是"丹尼斯先生的外甥琼"！艾德蒙先生的眼睛湿润了，少年没有让他失望。

　　因为宽容，艾德蒙先生成就了一个音乐奇才。可是，生活中，却很少有人能够谅解别人，他们会嫉妒，会斤斤计较，会猜忌，所以不管是怎样的人在他们的身边，他们都会觉得很痛苦。斤斤计较于别人的结果只能是让自己心情不愉快，得不偿失。

★智慧感悟★

　　生活或者工作中，我们会与形形色色的人打交道：好管闲事的人、忘恩负义的人、傲慢的人、欺诈的人、嫉妒的人和孤僻的人……如果不想因为这些人而产生坏情绪，我们可以这么宽慰自己：他们染有这些品性是因为他们不知道什么是善、什么是恶。可是如果我们能够分清楚什么是善、什么是恶，就应该对那些无知的人表现出宽容和谅解。因为不管他们是什么人，都是我们有必要接触的，即使眼前还没有合作的机会，但是不知道哪一天，我们终究会相遇。此时的宽容，可以带来很多彼时的发展机遇。

宽恕他人的过失，便是自己的荣耀

无着禅师是一位非常有修行的禅者。他的修行功夫，并不是从禅通高明中得见，也不是从谈玄说妙中得见，而是从他为人的慈悲和蔼、处世的圆融智慧中得见。

早年，无着禅师收了许多小孩儿，作为他的沙弥弟子。这些小沙弥因年纪小，玩儿心很重，经常在做完晚课后就偷偷地翻墙出去游玩，直到半夜三更才回来。

有一天夜里，无着禅师在房中等候，直到小沙弥们翻墙出去玩儿后，他便悄悄地走到后院，把小沙弥们放在墙角用来攀爬的高脚凳拿走，自己站在那儿静待小沙弥们回来。

初更过后，小沙弥们纷纷自外头回来；当他们从墙头爬下来的时候，以为和以前一样，踩的是高脚凳，结果："不对啊！怎么软绵绵的"！再往下一看，"不得了，是无着禅师的肩膀啊。"

当小沙弥们都从墙头爬下来时，一个个惊讶不已，傻了眼地望着无着禅师；禅师竟完全不对他们表示责备，只是拍拍孩子们的臂膀，说道："孩子们！夜凉了，赶快回去加件衣裳吧!"

从此以后，寺院里再没有人出去夜游；无着禅师，也从来没有再与小沙弥们提起这件事。

无着禅师原谅了弟子们的过失，弟子们被禅师的包容和原谅所感动，因此改正了错误，再也不偷着往外溜了。批评只能带来怨恨，原谅则可以建立更好的友谊。

还有一则小故事，说明了原谅他人，会使我们自身得到解脱，获得一份心灵的平静。

达·芬奇在米兰的圣母教堂画《最后的晚餐》时曾发生了这样的

事：当他画到耶稣的面容时遇到一件令他十分气愤的事，他与共事的人发生了争执。

事后，他心中充满了怒气，所有的艺术灵感都消失殆尽。达·芬奇仍旧尽自己的努力去画，但他还是画不好耶稣的面容。他又一次次尝试却都失败了，他开始沮丧和不安。最后，达·芬奇终于认识到，他的怒气赶跑了他在创作中必不可少的宁静的心境。于是，他立刻放下画笔，找到那个跟他争吵的人，向那个人道了歉，并请求宽恕。问题解决了，达·芬奇带着宁静与慈祥的心境回到工作上，灵感从他的笔端涌流而出。

达·芬奇因为自己的包容之心接受了同事的批评和建议，并求得同事的宽恕，所以心境逐渐恢复宁静，让艺术的灵感回归心灵，很快地完成了自己的作品。直到今天，教堂四壁许多作品都已毁坏，然而，《最后的晚餐》在世界艺术宝库中仍占有着光辉的一页。

智慧感悟

宽容不是懦怯胆小，而是关怀体谅。生活中有许多事能忍则忍，当让则让。宽容是给予，是一种高尚的行为，是一种人生的智慧，是建立同事间良好关系的法宝。宽容使我们内心得到安宁与充实。

原谅生活，才能希冀更好的生活

有位青年脾气很暴躁，经常和别人打架，大家都不喜欢他。

有一天，这位青年无意中游荡到了大德寺，碰巧听到一位禅师在说法。他听完后不能参透，于是法会后留下来对禅师说："师父，什么是忍辱？难道别人朝我脸上吐口水，我也只能忍耐地擦去，默默地承受!"

　　禅师听了青年的话,笑着说:"哎,何必呢? 就让口水自己干了吧,何必擦掉呢?"

　　青年听后,有些惊讶,于是问禅师:"那怎么可能呢? 为什么要这样忍受呢?"

　　禅师说:"这没有什么能不能忍受的,你就把它当作蚊虫之类的停在脸上,不值得与它打架,虽然被吐了口水,但并不是什么侮辱,就微笑地接受吧!"

　　青年又问:"如果对方不是吐口水,而是用拳头打过来,那可怎么办呢?"

　　禅师回答:"这不一样嘛! 不要太在意! 这只不过是一拳而已。"

　　青年听了,认为禅师实在是岂有此理,终于忍耐不住,忽然举起拳头,向禅师的头上打去,并问:"和尚,现在怎么办?"

　　禅师非常关切地说:"我的头硬得像石头,并没有什么感觉,但是你的手大概打痛了吧?"

　　青年愣在那里,实在无话可说,火气消了,心有大悟。

　　禅师告诉青年的是"忍辱",并身体力行,青年由此也会有所醒悟吧。禅师是心中无一辱,青年的心头火伤不到他半根毫毛,这就叫离相忍辱。

智慧感悟

　　所谓忍辱,即是对治嗔恨之心。《金刚经》说"一切法行成于忍,无忍辱则布施持戒均不能成就",可见忍辱的重要性了。大德高僧们认为"忍耐"与六度的"忍辱"是不同的,忍辱是没有"人相""我相",而忍耐则是"君子报仇,十年不晚"。因此忍辱是比忍耐更深的层次。

　　其实忍耐也未尝不可。既然不能轻易地忍辱,就把辱拿回去,慢慢研究,看看这个辱是什么东西。很多时候,在你想研究的时候,你根本就找不到辱了。

生活在这个世界上，我们不得不怀着一颗包容的心，去原谅诸多人和事，原谅上天对人的不公，因为这是生活给予我们的考验。只有原谅了生活中的诸多不顺，我们才有资格获得更美好的生活。

胸有成竹时相信自己，迷茫怅然时相信别人

唐代丰干禅师，住在天台山国清寺。一天，他在松林漫步，山道旁忽然传来小孩啼哭的声音，他循声一看，原来是一个稚龄的小孩子，衣服虽不整，但相貌奇伟，问了附近村庄人家，没有人知道这是谁家的孩子，丰干禅师不得已，只好把这男孩带回国清寺，等待人家来认领。因为他是丰干禅师捡回来的，所以大家都叫他拾得。

拾得在国清寺安住下来，渐渐长大以后，上座就让他担任行堂（添饭）的工作。时间久了，拾得也交了不少道友，其中一个名叫寒山的贫子与他相交最为莫逆。因为寒山贫困，拾得就将斋堂里吃剩的饭用一个竹筒装起来，给寒山背回去。

有一天，寒山问拾得说："如果世间有人无端地诽谤我、欺负我、侮辱我、耻笑我、轻视我、鄙贱我、恶厌我、欺骗我，我要怎么做才好呢？"

拾得回答道："你不妨忍着他、谦让他、任由他、避开他、耐烦他、尊敬他、不要理会他。再过几年，你且看他。"

寒山再问道："除此之外，还有什么处世秘诀，可以躲避别人恶意的纠缠呢？"

拾得回答道：

"弥勒菩萨偈语说——

"老拙穿破袄，淡饭腹中饱，补破好遮寒，万事随缘了；

"有人骂老拙，老拙只说好，有人打老拙，老拙自睡倒；

"有人唾老拙，随他自干了，我也省力气，他也无烦恼；

"这样波罗蜜，便是妙中宝，若知这消息，何愁道不了？

"人弱心不弱，人贫道不贫，一心要修行，常在道中办。

"如果能够体会偈中的精神，那就是无上的处世秘诀。"

有人谓寒山、拾得乃文殊、普贤二大士化身。台州牧闾丘胤问丰干禅师，何方有真身菩萨？告以寒山、拾得，胤至礼拜，二人大笑曰："丰干饶舌，弥陀不识。"

意指丰干乃弥陀化身，惜世人不识。说后，二人隐身岩中，人不复见。胤遣人录其二人散题石壁间诗偈，今行于世。

★★★智慧感悟★★★

古人说："金无足赤，人无完人。"谁都不能夸口自己是完美的，同时，也没有人一无是处，在胸有成竹时相信自己，在迷茫怅然时相信别人，让二者相互配合、相互补充，你就能拥有精彩的人生。

用愤怒困扰心灵，是一种严重的自戕

有一位得道高人曾在山中生活30年之久，他平静淡泊、兴趣高雅，不但喜欢参禅悟道，而且也喜爱花草树木，尤其喜爱兰花。他的家中前庭后院栽满了各种各样的兰花，这些兰花来自四面八方，全是年复一年地积聚所得。大家都说，兰花就是高人的命根子。

这天高人有事要下山去，临行前当然忘不了嘱托弟子照看他的兰花。弟子也乐得其事，上午他一盆一盆地认认真真浇水，等到最后轮到那盆兰花中的珍品——君子兰了，弟子更加小心翼翼了，这可是师父的最爱啊！他也许浇了一上午有些累了，越是小心翼翼，手就越不听使唤，水壶滑下来砸在了花盆上，连花盆架也碰倒了，整盆兰花都摔在了地上。这回可把弟子给吓坏了，愣在那里不知该怎么办才好，心想师父回来看到这番景象，肯定会大发雷霆！他越想越害怕。

下午师父回来了，他知道了这件事后一点儿也没生气，而是平心静气地对弟子说了一句话："我并不是为了生气才种兰花的。"

弟子听了这句话，不仅放心了，也明白了。

★智 慧 感 悟★

面对犯了错误的人，我们不应该愤怒，我们应该以平和的心态劝诫他们，把他们当成理智生病的人一样医治，没有必要生气。因为愤怒带给自己的伤害往往大于给别人的伤害，所以一定要心平气和。心态平和地向他们展示他们的错误，然后继续做你该做的事。

快乐也是在知足中获得

有一个村庄，里面住着一个独眼的瞎爷。

瞎爷9岁那年一场高烧后，左眼就看不见东西了。他爹娘顿时泪流满面，一个独生的儿子瞎了一只眼睛可怎么办呀！没料到他却说自己左眼瞎了，右眼还能看得见呢！总比两只眼都瞎了要好！比起世界上的那些双目失明的人，不是要强多了吗？儿子的一番话，让爹娘停止了流泪。

他的家境不好，爹娘无力供他读书，只好让他去私塾里旁听。他的爹娘为此十分伤心，瞎爷劝道："我如今也已识了些字，虽然不多，但总比那些一天书没念、一个字不识的孩子强多了吧！"爹娘一听也觉得安然了许多。

瞎爷娶了个嘴巴很大的媳妇。爹娘又觉得对不住儿子，瞎爷却说和世界上的许多光棍汉比起来，自己是好到天上去了！这个媳妇勤快、能干，可脾气不好，把婆婆气得心口作疼。瞎爷劝道："天底下比她差得多的媳妇还有不少。媳妇脾气虽是暴躁了些，不过还是很勤快，又不骂人。"爹娘一听真有些道理，怄的气也少了。

瞎爷的孩子都是闺女，于是媳妇总觉得对不起他们家，瞎爷说世界上有好多结了婚的女人，压根儿就没有孩子，等日后老了，5个女儿女婿一起孝敬他们多好！比起那些虽有儿子几个，却妯娌不和，婆媳之间争得不得安宁要强得多！

可是，瞎爷家确实贫寒得很，妻子实在熬不下去了，便不断地抱怨。瞎爷说："比起那些拖儿带女四处讨饭的人家，饱一顿饥一顿，还要睡在别人的屋檐下，弄不好还会被狗咬一口，就会觉得日子还真是不赖。虽然没有馍吃，可是还有稀饭可以喝；虽然买不起新衣服，可总还有旧的衣裳穿；虽然房子有些漏雨的地方，可总还是住在屋子里边，和那些讨饭维持生活的人相比，日子可以算是天堂了。"

瞎爷老了，想在合眼前把棺材做好，然后安安心心地走。可做的棺材属于非常寒酸的那一种，妻子愧疚不已，瞎爷却说这棺材比起富豪大家们的上等柏木是差远了，可是比起那些穷得连棺材都买不起，尸体用草席卷的人，不是要强多了吗？

瞎爷活到72岁，无疾而终。在他临死之前，对哭泣的老伴说："有啥好哭的，我已经活到72岁，比起那些活到八九十岁的人，不算高寿，可是比起那些四五十岁就死了的人，我不是好多了吗？"

瞎爷死的时候，神态安详，脸上还留有笑容……

瞎爷的人生观，正是一种乐天知足的人生观，永远不和那些比自己强的人攀比，用自己拥有的与那些没有拥有的人进行比较，并以此找到了快乐的人生哲学。人生不就是这样吗？有总比没有强多了。

智慧感悟

不管外界的环境和遭遇如何变化都能保持快乐的心情，这就需要一种知足的心态。知足者常乐，因为对生活知足，所以他会感激上天的赠予，用一颗感恩的心去感谢生活，而不是总抱怨生活不够照顾自己。

第六章

走出泥淖，活出达观的生命姿态

我们不要只羡慕鲜花的芬芳，没有泥土的滋养，它们也没有绽放的机会。一分耕耘，总有一分收获，泥泞的道路上只有布满勤奋的脚印，路的那一端才能真正地通向成功。作为一个现代人，应缔造一种达观心态，做好迎接挑战的心理准备。

只有泥泞的路才能留下脚印

在一次"十大杰出青年"的座谈会上，人们的发言都挺精彩，但大多冗长。该他上台时，已过了预定的会议结束时间，于是主持人宣布让他讲3分钟。他的开场白是："日本有个阿信，中国台湾有个阿进，阿进就是我。"接着，他给大家讲了自己的故事：

他的父亲是个瞎子，母亲也是个瞎子且弱智，除了姐姐和他，几个弟弟妹妹也都是瞎子。瞎眼的父亲和母亲只能当乞丐，住的是乱坟岗里的墓穴，他一生下来就和死人的白骨相伴，能走路了就和父母一起去乞讨。他9岁的时候，有人对他父亲说："你该让儿子去读书，要不他长大了还是要当乞丐。"父亲就送他去读书。上学第一天，老师看他脏得不成样子，给他洗了澡。为了供他读书，才13岁的姐姐就到青楼去卖身。照顾瞎眼父母和弟妹的重担落到了他小小的肩上。他从不缺一天课，每天一放学就去讨饭，讨饭回来就跪着喂父母。瞎且弱智的母亲每次来月经，甚至都是他为母亲换草纸。后来，他上了一所中专学校，在此竟然获得了一个女同学的爱情。但未来的丈母娘却说"天底下找不出他家那样的一窝人"，把女儿锁在家里，用扁担把他打出了门……

故事讲到这里就停了，他说，由于时间的关系，今天就到此为止。这时，他提高了声音："但是，我要说，我对生活充满感恩之心。我感谢我的父母，他们虽然瞎，但他们给了我生命，至今我都还是跪着给他们喂饭；我还感谢苦难的命运，是苦难给了我磨炼，给了我这样一份与众不同的人生；我也感谢我的丈母娘，是她用扁担打我，让我知道要想得到爱情，我必须奋斗、必须有出息……"他就是中国台湾第37届"十大杰出青年"，一家专门生产消防器材的大公司的厂长——赖东进。

"罗马不是一天建成的"，任何一个伟大事业完成的背后总有不少感天动地的故事。而故事中的"英雄""伟人""名人"，却是在不为人知的岁月里，花了许多宝贵的时间，流了许多辛勤的汗水！

我们不要只羡慕鲜花的芬芳，没有泥土的滋养，它们也没有绽放的机会。一分耕耘，总有一分收获，泥泞的道路上只有布满勤奋的脚印，路的那一端才能真正地通向成功。作为一个现代人，应缔造一种达观心态，做好迎接挑战的心理准备。

世界充满了机遇，也充满了风险。要不断提高自我应付挫折的能力，缔造感恩心态，调整自己，增强社会适应力，坚信挫折中蕴含着机遇。

把生活中的小麻烦当作上天的礼物

玛莎曾在慈爱会中同广为美国人所敬爱的特蕾莎修女共处30多年。从她下面讲述的故事里，可以看出特蕾莎对待人生的感恩态度：

一次，当我做完弥撒，和特蕾莎院长谈到人世间诸多的困难挫折时，她对我说："其实，世上的艰难困苦又何尝不是俯拾即是，但如果我们视其为上天恩赐的礼物，那么人们周围便会减少几许悲观，平添些许快乐……"

不久以后，我和特蕾莎院长乘飞机去纽约。飞机起飞前发现了故障，被迫停飞。当时，我感到失望和沮丧，但想起了特蕾莎院长曾说过的话，便这样对她说道："院长，我们今天得到了一份'小礼物'——我们得待在这儿等 4 个小时，你不能按计划赶回修道院了。"特蕾莎修女听完我的话，微笑着看了看我，然后便安然地坐下来，拿出一本书，静静地读了起来。从那以后，每当我在生活中遇到磨难与挫折时，便会用这样的话语来表达："今天我们又得到了一份小礼物""嘿，这可真是个特殊的大礼物"……而这些话竟然有着神奇的效果，往往就在不经意间，困顿难释的心境变得开朗，莫名的烦恼也消失不见，连微笑也会在说话间悄悄爬上人们的脸颊……

特蕾莎修女心怀感恩之心。即使生活中的小麻烦，也将其看作一份礼物来对待，保持了一个平和的心境。

★智慧感悟

对待感恩是一种积极的生活态度。美国犹太教哲学家赫舍尔说："世界是这样的，面对着它，人意识到自己受惠于人，而不是主人身份；世界是这样的，你在感知到世界的存在时必须作出回答，同时也必须承担责任。"

其实，我们每个人从呱呱坠地到长大成人的过程中，饱含了无数人的心血，其中最重要的有父母、祖父母、外祖父母等直系亲属，会有很多老师、朋友、同学，也会有无数擦肩而过的陌生人，哪怕这些人只是在我们蹒跚学步时，把跌倒的我们扶起；在拥挤的公交车上为我们让了一个座位，仅此而已。

在多元化、快节奏、激烈变化的生活中，当我们面临越来越多的不快和磨难时，充斥我们内心的往往是抱怨、不满、牢骚，仿佛满世界的人都对不起我们。而我们期冀的生活似乎成了全世界都要围绕着我们转，唯我独尊，唯有如此才觉得是理所应当。殊不知，我们已经在不经意间丢掉了那份感恩的愉悦、感恩的充实。长此以往，我们会发现生活中似乎已经没有什么值得我们开心的事情，再也难以找到值得我们身心愉悦的事情了。

有时候，缺憾也是一种美

一日，某君去拜访一位很懂音乐的朋友，未入其门先闻琴声，急急地叩门后，朋友迎出，而琴声依旧。朋友微笑地一指内屋："我的学生。"

循声望去，一个十一二岁、扎着两个大红蝴蝶结的小女孩的侧影，随着她手指的轻巧跳动，一串串音符鲜活地流出，时而如清泉击石般玲珑清越，时而又恰似落英飘水，优美深情得令人感动。

一曲终了，女孩缓缓地转过头，凝视着这边，某君惊诧得几乎脱口而出：盲女！

这意味着她从来见过大海、蓝天，甚至一株小草，也就是说，那由黑白相间的琴键飞扬出的动人琴声，不是用手指而是用整个心灵弹奏的。然而，然而这又是多么美的琴声！

朋友望着某君，女孩也微笑地"望"着他，他却蓦然觉得鼻子酸酸的。

无法估量，那位朋友教那个女孩学习，是怀抱怎样的爱心与执着，只知道那琴声如生命的轮回，再不会远去。

以后的日子，某君每每走在平坦洁净的街上，抬头看蓝天丝丝的云缕，极目远山的青黛苍翠，便会想起那个未曾看见也永远不会看见这一切的小女孩，和她用心灵编织的优美的琴声，便觉得所有的烦忧、愁苦都卑微得令人汗颜。

体会了没有脚的痛楚，才明白为没有鞋子而哭泣是多么浅薄；经历了归途的风雨坎坷，蓦然回首，才发现来时的路却是怎样一种美丽的风景。

当缺憾也成为一种美的时候，面对生活中仅有的一些不顺利，你除了恬淡接受、泰然处之，还有什么其他的选择吗？

达观就是以"随"为念，懂得放下

真正的达观应该以"随"为念，懂得放下。世间没有永恒不变的东西，也没有绝对的真理和绝对完美的事物，人所能做到的就是"随"，顺时顺应，随性而走。

庄子临终前，弟子们已经准备厚葬自己的老师。庄子知道后笑了笑，幽了一默："我死了以后，大地就是我的棺椁，日月就是我的连璧，星辰就是我的珠宝玉器，天地万物都是我的陪葬品，我的葬具难道还不够丰厚？你们还能再增加点什么呢？"学生们哭笑不得地说："老师呀！若要如此，只怕乌鸦、老鹰会把老师吃掉啊！"庄子说："扔在野地里，你们怕飞禽吃了我，那埋在地下就不怕蚂蚁吃了我吗？把我从飞禽嘴里抢走送给蚂蚁，你们可真是有些偏心啊！"

一位思想深邃而敏锐的哲人，一位仪态万方的散文大师，就这样以一种浪漫达观的态度和无所畏惧的心情，从容地走向了死亡，走向了在一般人看来令人万般惶恐的无限的虚无。其实这就是生命。

在20世纪，一位美国的旅行者去拜访著名的波兰籍经师赫菲茨。他惊讶地发现，经师住的只是一个放满了书的简单房间，唯一的家具就是一张桌子和一把椅子。

"大师，你的家具在哪里？"旅行者问。

"你的呢？"赫菲茨回问。

"我的？我只是在这里做客，我只是路过呀！"这美国人说。

"我也一样！"经师轻轻地说。

★智慧感悟★

既然人生不过是路过，便用心享受旅途中的风景吧。每个人的一生都像一场旅行，你虽有目的地，却不必去在乎它，因为你的人生不只拥有目的地而已，你还拥有沿途的风景和看风景的心情，如果完全忽略了一路的风景，人生将会变得多么单调和无趣，活着还怎么称得上是一种享受呢？

每一道风景从眼前过了，每段缘分与自己重逢再离别，你仔细回味一番，充分享受个中的滋味，不必耿耿于怀得失，在痛苦时想想快乐，快乐时忆苦楚，始终保持达观的心态，生命才会充满温暖柔和的色彩。等到缘分过了，风景没了，等待你的还有另一波风光和快乐，之前的一切便可放下，享受眼前此刻。开始的背后是放下，为什么人们悟不到呢？

抱持"哀乐不能入也"的达观心态

有一则古老的传说，说到一位富有的巴格达商人派仆人去市场。在市场上，人群中有人推挤了仆人一下，他回头一看，原来是一个身披黑长袍的老人，他知道那是"死亡"。仆人赶忙跑回去，一面发抖，一面向主人述说方才的遭遇以及"死亡"怎样用奇特的眼神看着他，并露出威胁的表情。仆人乞求主人借他一匹马，好让他骑到撒玛拉，免得"死亡"找到他。主人同意了，于是仆人立刻上马疾驰而去。商人稍晚到市场，看见"死亡"就站在附近。商人说："你为什么做出威胁的神情，恐吓我的仆人。""那不是威胁的神情，""死亡"说，"我只是很稀奇会在巴格达看见他，我们明明约好今晚在撒玛拉碰面的！"

虽然生命的开始与结束只在于时间的早晚，但过程与态度却同样重要。列夫·托尔斯泰曾讲述过一个流传很久的东方寓言：

一个旅行者在草原上被一只狂怒的野兽追赶。旅行者为了逃生，下到一口无水的井中。然而，他看见井底有一条龙，张着血盆大口想吞噬他。这个不幸的人不敢爬出井口，否则会被狂怒的野兽吃掉；他也不敢跳入井底，否则会被巨龙吞噬。他死死地抓住井缝里生长出的野灌木枝条不放。他的手越来越无力，他感到不久就会向危险投降，危险正在井口和井底两头等着他。他仍然死死地抓住灌木。忽然，两只老鼠绕着他抓住的灌木主枝画了一个均匀的圆圈，然后从各方啃噬。灌木随时都会断裂垮掉，他也随时会落入龙的巨口。旅行者目睹着这一切，深知必死无疑，而在他死死抓住灌木的时候，却看见灌木的树叶上挂着几滴蜜汁，他便把舌头伸过去，舔舐着或许是最后的快乐。

在进退维谷的人生境遇中，以全部的力量抗争险恶的势力弥足珍贵。倘若面对无法抗衡的力量的威胁，直到生命的最后一刻，仍能够镇定自若地去享受和体味生命最后的快乐，则更显现出一种真正达观的人生本色。

★★★★★ 智慧感悟 ★★★★★

对于命运的任何一种抗争都不可能是一劳永逸的，因为畏惧艰难险阻而放弃行动，只能说明生命的懦弱；而当艰险真正降临的时候，除了本能的求生欲望之外，还能清醒地认识到现实的境遇，在漫长的压抑和恐惧的煎熬中，抓住生命的树枝，使全部抗争的可能性都得到充分的证明，这才是生命意义的积极写照。

凡事不能太较真儿

美国教育专家戴尔·卡耐基可以说是处理人际关系的"老手"，然而他在年轻时，也曾犯过小错误。有一天晚上，卡耐基参加一个宴会。宴席中，坐在他右边的一位先生讲了一段幽默故事，并引用了一句话，意思是"谋事在人，成事在天"。那位健谈的先生提到，他所引用的那句话出自《圣经》。然而，卡耐基发现他说错了，他很肯定地知道出处，一点儿疑问也没有。为了表现优越感，卡耐基认真又讨嫌地纠正了过来。那位先生立刻反唇相讥："什么？出自莎士比亚？不可能！绝对不可能！"卡耐基的话使那位先生一时下不来台，不禁有些恼怒。

当时卡耐基的老朋友法兰克·葛孟就坐在他的身边。葛孟研究莎士比亚的著作已有多年，于是卡耐基向他求证。葛孟在桌下踢了卡耐基一脚，然后说："戴尔，你错了，这位先生是对的。这句话出自《圣经》。"那晚回家的路上，卡耐基对葛孟说："法兰克，你明明知道那句话出自莎士比亚之口。""是的，当然。"葛孟回答，"在《哈姆雷特》第五幕第二场。可是亲爱的戴尔，为了那么一点儿小事就和别人较起劲来，值得吗？再说，我们是宴会上的客人，为什么要证明他错了？那样会使他喜欢你吗？他并没有征求你的意见，为什么不保留他的脸面而说出实话得罪他呢？"

法兰克所说的道理人人皆知，但并非人人都能做到。正如他所说，一些无关紧要的小错误，放过去无伤大局，那就没有必要去纠正它。这不仅是为了自己避免不必要的烦恼和人事纠纷，而且也顾到了对方的名誉，不致给别人带来无谓的烦恼。这样做并非只是明哲保身，而是为了体现为人的大度。

★★★★★ 智慧感悟 ★★★★★

达观一点儿吧，凡事不要那么去较真，这样你会发现你的内心会渐渐清朗，而思想的负担也会随之而减轻许多。的确，达观可以说是经历了万千风雨之后的大彻大悟；是领略了人生的峰回路转之后的空灵；也是一种幽幽暗暗、反反复复追问之后的无奈。

我们无须妄念纷纷、困惑百出，只要胸襟光明宽阔，坦坦荡荡，随缘任运，沉浮无拘以达观的心态与天地精神独往来，做一名俯仰无愧的行游者，生死也可随它去。

清理人生的暗角，自己拯救自己

在人类的心灵里，有一个暗角，这是一个不为人知的领域，没有被开发，也没有被研究过。这个暗角里隐藏了各种人性本能的欲望，诸如胆怯、欺骗、嫉妒等情绪。这些情绪让人的生命变得黑白，毫无色彩感，这样的人生是苍白无趣的，要想拯救自己脱离出这样的人生，便只有靠自己清理掉这些暗角。

其实，人生究竟是黑白还是彩色，纯粹是一种习惯性的看法。我们一旦习惯看到人生的黑暗面，就会刻意去寻找黑暗的那一面，而忽略掉光明的一面，我们自然就会被消极的世界所包围。多计算一下自己已拥有的，我们每个人都将是富人。

美国前总统尼克松在"水门事件"被迫辞职之后，久久沉浸在突然面临的失落与忧愤、媒体的穷追猛打、熟人朋友的避之大吉之中，还时常沉浸在自己两次当选的辉煌与现在穷途末路境地的强烈反差中。这一切使得62岁的尼克松患上了内分泌失调和血栓性静脉炎，几乎是在苟延残喘地度日。然而，他并没有在不利的环境中倒下，而是及时地调整了自己的心态，他告诫自己："批评我的人不断地提醒我，说我做得不够完美，没错，可是我尽力了。"

他不畏惧失败，因为他知道还有未来。他始终相信"勇往直前者能够一身创伤地回来"，也就是能重新调整心态来迎接新的挑战和争取新的胜利，鼓舞自己从挫折中走出来。在这之后，他连续撰写并出版了《尼克松回忆录》《真正的战争》《领导者》《不再有越战》《超越和平》等巨著，以自己独特的方式继续为国家服务，也实现了人生应有的价值。

逆境中，人的情绪会极度消沉，要学会自己拯救自己，尽快走出失败的阴影，就要缔造归零的阳光心态。

当然，我们正视失败并不意味着消极地承受，正好相反，它意味着转败为胜的可能。只要我们拥有自信，以一种乐观而积极的态度坚持奋斗，就必能突破困境。

卡拉曾是一个很消极的人，多年前的一个晚上，他散步到长岛的一处草地上，计划在那里自杀。他觉得生命已无任何意义可言，生活中已无任何希望，他随身带了一瓶毒药，一口喝尽，躺在那儿等死。

第二天晚上，他睁开眼睛，看到月光皎洁的夜空十分惊异。他想不通自己为什么没有死，他始终认为这是上帝的意思，上帝希望他活下来，因为另有任务给他。当他知道自己仍然活着时，突然间重新有了生存的渴望，他感谢上帝的恩赐，让他活下来，并且下定决心：一定要活下去，要以帮助他人为职责。

后来，卡拉成了一位特殊的积极思想者，他把帮助他人当作自己生命的全部使命。

★☆★☆★☆★☆★
智慧感悟
★☆★☆★☆★☆★

在生命的过程中，总会遇到一些苦难，我们不能把它们当成是"谁"的错。如果你总去看他人的优越面，总把苦难归咎到别人身上，心中的怨恨就会愈增。只有接受自己、接受现实，将自己归零，你才会觉得前方的路还有很远很远，来日方长。

心安人静，让心境归于平淡

一个秀才模样儿的人悠闲地走在满是尘土的路上，这个秀才背着诗词，摇着脑袋，满是惬意的模样儿。秀才出门已经一年多了，他原先是进京赶考的，但是考场失利，心情黯淡中度过了几个月的黑色时光，整日借酒浇愁、以泪洗面。

两个月前，他和几个朋友共游兰若寺，与一禅师相谈，秀才道出了心中的苦闷，禅师听后，说道："昨天早上与你说话的第一个人是谁?"秀才回道："这个已经忘了。""那明天你会遇到什么人?""这个我哪里知道，明天还没来。""此时此刻，你面前有谁?"秀才愣了一下，说："我面前当然是禅师您啊。"禅师轻轻点头道："昨天之事已忘却，明日之事尚未来，要想把握唯在此刻，施主又何必对过去之事耿耿于怀，因为明天不可知，昨日已过去，不如放下挂念，平淡对之，你并没失去什么，不过是重新开始。"

秀才瞪大双眼，等着禅师继续说下去，他似乎听懂了禅师话中的意思。禅师说道："既然又是新的开始，又何来执着于以前? 如潺潺溪水，偶被沙石所阻，但其终究万里波涛始于点滴。施主可曾明白了?"秀才微笑着点点头，此刻的他，已经有了新的打算。在京城办完了一些事情后，这个秀才告别朋友，踏上了回家的路途。他决定三年之后，自己还要再考一次。

智慧感悟

心安人静，却依然能做出大事情来，这是因为他们有自己达观的心态，不媚俗，懂追求，不以世俗的观念影响自己的选择，圣人以东为东，以西为西，就是把原本简单的看成简单，原本复杂的做成简单的；而世人之所以活得累，其根本就是在于将简单的事情想的复杂、做的复杂，从而自我设限，以至于平淡生活最终成了平庸生活。

人生苦短，找个时间跟自己独处

从前，托蒂是个电影导演，一个只知道从早忙到晚，不会享受片刻安宁的工作狂，一个只想用工作来填满自己生活中分分秒秒的典型人物。而现在，他似乎变成了另一个人。对于眼下每一刻能够享受的幸福时光，他都在心底由衷地感谢一位名叫莱娜的年轻女子。

认识莱娜还是10年前春天的事。那时，曾经与病魔作了4年不懈斗争的她坚信自己已经战胜了缠身已久的绝症，并且开始着手计划未来美好的蓝图。托蒂想用一部电影来表现她积极抗病、顽强求生的治疗过程，以此证明一个被顽症缠身的人如何能学会乐观积极地生活。

然而，就在此时，一个打击突然袭来，从她的电话中，他得到一个很糟的消息。"我的日子不多了，"莱娜在电话中对他讲，"但我希望，我们能共同把这部影片拍完。我愿尽可能长时间地与你们在摄影机前交谈。"

放下电话，托蒂立刻带上摄影师和录音师赶到她家。她正坐在一张藤椅里，微笑着迎接他们。也许由于心情紧张，托蒂一时有些手足无措，她倒显得异常平静。"我享受着每一天宝贵的时光，好像从来没有这么意识强烈，全身心投入地去体验眼下的一切美好事物，包括我们现在的会面。"她的声音清晰愉悦，真诚、坦率地向他展开她全部的内心世界。

"现在我才知道，爱的真正含义是什么。"莱娜说，"与我从前想象的相比较，那是全然不同的一种感觉。就连性，我也有着从前未曾体验到的感受。现在对我来说，那是一种全身心的接近，两心相通、静静厮守的美妙感觉。"

在莱娜去世前的几天，托蒂曾经问起她："假如命运允许你再重新活一次。你愿意做些什么呢？"她的回答给他的生活开启了一个全新的方向。

"我愿更多地和我自己生活在一起。每一天都要为自己留出一段可以独处的宝贵时光，更有意识地去观察体验自我和身处的环境。"

★☆★☆★ 智慧感悟 ★☆★☆★

生活在这纷扰喧嚣的世界，有时真的需要有自己独处的空间。可以放飞自己的心灵，什么都可以想，什么都可以不想。一人独处，静美随之而来，清灵随之而来，温馨随之而来；一人独处的时候，贫穷也富有，寂寞也温柔。

第七章

学会分享——赠人玫瑰，手有余香

凡事皆有因果。播种什么，就会收获什么。送人一束玫瑰，留下一缕芬芳。当我们帮助别人的时候，也就埋下了让自己得到别人帮助的伏笔。一个不经意的举动，往往能为我们带来更多的回报，想想当你为生病的同学补上落下的功课，当你帮助领导找回丢失的小猫，是否心中多了一份异样的甜蜜？

让心中充满爱，让世界充满温暖

爱，在汉字中的本意是有心的。这有着很深的含义，爱从心里发出，然后流到别人的心里，在人与人之间搭建起一条长长的爱心之桥。爱，往往会有意想不到的力量。

一战期间，美德两军在一处平原相遇，双方交战激烈，枪声不断响起，在他们之间的是一条无人地带。一个年轻的德国士兵尝试爬过那个地带，结果被带钩的铁丝缠住，发出痛苦的哀号，不住地呜咽着。

相距不远的美军都听得到他的惨叫声。一名美国士兵无法再忍受，于是爬出战壕，匍匐着向那名德军爬过去。其余美军明白他的行动后，就停止开火，但德军仍炮火不辍，直到德国指挥官明白那名美国士兵的行动，才命令军队停火。

此时，战场上出现了一片沉寂。那名美国士兵爬到受伤的德国士兵那儿，救他脱离了铁钩的纠缠，扶起他走向德军的战壕，交给已准备迎接他的同胞，之后，便打算转身走回美军阵营。

这时，一只手搭在他肩膀上，他转过来，原来是一名获得铁十字勋章的德军军官。这名军官从自己制服上扯下勋章，把它别在那名美国士兵身上，才让他走回自己的阵营。当该美国士兵安全抵达己方战壕后，双方才又恢复战斗。

★★★★★ 智慧感悟 ★★★★★

爱会给生活创造出无限广阔的天空。沐浴在爱的阳光里，我们就可以把冷漠变成亲切，把仇恨变成宽容。当你深陷生命的低谷不能自拔时，爱会以它神奇的力量带领你走上沐浴阳光的山头。

爱，就是那一瞬间的低头

　　1983 年冬天，一对夫妇的婚姻正濒于破裂的边缘。为了重新找回昔日的爱情，他们打算再进行一次浪漫之旅，如果能够在这次的浪漫之旅中找回相互间的感情就继续生活，如果不能就友好分手。他们来到加拿大魁北克的一条南北走向的山谷。这个山谷没有什么特别之处，唯一能够引起人们注意的，是它的西坡长满了松、柏、女贞等树，而东坡只有雪松。这一奇异景观是个谜，许多地质学家一再对其进行研究，都没有令人满意的结论。

　　晚上的时候，突然下起了大雪。这对夫妇支起了帐篷，仔细观察漫天飞舞的大雪，发现了一个现象，由于不一样的风向，东坡的雪总比西坡的雪来得大、来得密。没多大一会儿的工夫，雪松上就积了一层厚厚的雪。不过因为雪松的枝丫富有弹性，当雪积到一定的程度的时候，雪松的枝丫就会向下弯曲，直到雪从枝上滑落下来才直起来。就这样反复地积雪，反复地弯下枝丫，反复地落雪，雪松最后还是完好无损。可其他的树因没有这个本领，所以树枝都被压断了。西坡由于雪小，总有些树挺了过来，所以西坡除了雪松，还有松、柏和女贞之类。

　　帐篷中的妻子发现了这一景观，对丈夫说道："山坡的东面肯定也长过杂树，只是可能因为不会弯曲而被大雪摧毁了。"丈夫点头称是。少顷，两人像突然明白了什么似的，紧紧拥抱在一起。

　　为人夫或者妻，对于婚姻的压力要尽可能地去承受，在承受不了的时候，学会弯曲一下，像雪松一样让一步，这样就不会被压垮。不要总是去苛求对方做到完美，因为你也不是完美的，向他（她）低一下头，你们的婚姻就会自有一番风景。

★★★★★★★★★
智慧感悟
★★★★★★★★★

在婚姻里，真正的爱没有绝对的公平可言，两个人要互相为对方着想。学会换位思考，学会以宽广的态度接纳不同的人、不同的事和不同的物，才能彼此理解和体谅。那时，无论生活中的调味剂是什么，爱都会是甜美的。

博爱是对弱者也示以理解和尊重

加拿大有一位叫让·克雷蒂安的少年，说话口吃，曾因疾病导致左脸局部麻痹，嘴角畸形，讲话时嘴巴总是向一边歪，而且还有一只耳朵失聪。

听一位医学专家说，嘴里含着小石子讲话可以矫正口吃，克雷蒂安就整日在嘴里含着一块小石子练习讲话，以致嘴巴和舌头都被石子磨烂了。母亲看后心疼得直流眼泪，她抱着儿子说："孩子，不要练了，妈妈会一辈子陪着你。"克雷蒂安一边替妈妈擦着眼泪，一边坚强地说："妈妈，听说每一只漂亮的蝴蝶，都是自己冲破束缚它的茧之后才变成的。我一定要努力，做一只漂亮的蝴蝶。"

功夫不负有心人。终于，克雷蒂安能够流利地讲话了。他勤奋且善良，中学毕业时不仅取得了优异的成绩，还获得了极好的人缘。

1993年10月，克雷蒂安参加全国总理大选时，他的对手大力攻击、嘲笑他的脸部缺陷。对手曾极不道德地说："你们要这样的人来当你们的总理吗？"然而，对手的这种恶意攻击却招致大部分选民的愤怒和谴责。当人们知道克雷蒂安的成长经历后，都给予了他极大的同情和尊敬。在竞争演说中，克雷蒂安诚恳地对选民说："我要带领国家和人民成为一只美丽的蝴蝶。"结果，他以极大的优势当选为加拿大总理，并在1997年成功地获得连任，被国人亲切地称为"蝴蝶总理"。

虽然克雷蒂安的面部有缺陷，甚至有口吃，在总理竞选中他是处于弱者的地位。对手利用他的缺陷来抨击他是一种很狭隘的行为。但是，国人对他给予了理解和尊重，选他为总理，让他获得了一个施展才华的机会。从中我们可以看出，对弱者示以理解和尊重也是一种博爱的行为。一句安慰的话，一个鼓励和欣赏的眼神，对我们来说也许微不足道，但是对于需要的人来说，无疑是雪中送炭。

一位学者和朋友到火车站送人。送走人之后，学者刚走出火车站口不远，就看到一个疯疯癫癫的人迎了上来，拦住了他们的去路。他衣衫褴褛，头发乱蓬蓬的，谁都以为是一个讨钱的，于是学者的朋友掏出一元钱来递给他。他瞪了瞪学者的朋友，没有接，然后将目光移向了学者，小心翼翼地说："这位老先生，我看得出来您是个有学问的人，能不能给我讲讲关羽是怎么死的？"

朋友想推开他，学者却阻止了，领着那个疯子到了一个楼角。他从吕蒙设计，讲到关羽败走麦城，最后遇害，大约用了十几分钟时间。学者讲得绘声绘色，那疯子也听得津津有味。临走的时候，疯子抓住学者的手，眼中泛动着晶莹的泪花："谢谢您，我求了好多人，只有您才肯给我讲！"

回去的路上，学者的朋友问："他是一个疯子吧？"学者沉默了一会儿才说："也许是，但他首先是一个人，只要是人，都是值得尊重和欣赏的。因为在尊重和欣赏别人的时候，更重要的还是在尊重和欣赏自己！"

博爱的人是懂得欣赏别人的，即使一个疯子，他也是个人，他也有他自己的精神世界，虽然不能苟同他，但是也要尊重他。学者以博爱的心为疯子讲述关羽的死。虽然只用了十几分钟，却让疯子感激涕零。生活中，欣赏不止是一个得到或者给予的问题，其实在欣赏别人的时候，你也得到了别人的欣赏；当你践踏别人尊严的时候，你自己的尊严也正在你脚下痛苦地呻吟着！

有些人，虽然生活给予了他们不幸，让他们缺少了很多我们大多数人所天生就拥有的东西，但是他们还有尊严，还有过上完美生活的权利。面对这些所谓的弱者时，我们不要践踏他们的尊严，而应平等对待，表达博爱之心，给予理解和尊重。

智慧感悟

每个人都应该在心中播种善良的种子，如此，日后方能绽放出绚烂的花朵。善良是历史中稀有的珍珠。爱，有时能把人从痛苦的深渊中拯救出来，并且带给他们希望。

世界上最强大的力量是仁爱之心

曾有一位女子，她看到有三个留着长长的白胡子的老者站在她家的门前。

她从来没有见过他们。

但她跟他们说："虽然我不认识你们，但我想你们一定饿坏了，如果不介意，就请进到里面来吃点东西吧！"

"那男主人在家吗?"他们问道。

"没有！"她说，"他出门了！"

"那我们不能进去。"他们回答说。

到了傍晚，她丈夫回到家里，她告诉了他白天发生的事。

"那去告诉他们我回来了，让他们进来吧。"

于是，女子到外面邀请他们进屋。

"我们不能一起走进一间房子。"他们说。

"那为什么呢?"她有点迷惑地问。

其中的一位老人回答说:"他的名字叫'财富',"他指着他的一位朋友，接着他指着另一位说:"他是'成功'，而我是'爱'。"他又说，"你现在进去和你丈夫商量，你们想要我们哪一位进到你家。"

这个女子走进屋子并告诉丈夫他们所说的。她丈夫简直乐疯了:"太好了!"他说，"既然如此，我们就邀请'财富'进来，让他进来把我们家充满财富吧!"

女子不同意，对自己的丈夫说: "亲爱的，为什么不邀请'成功'呢?"

他们的女儿在屋里听到他们的对话，也过来提出她自己的建议:"邀请'爱'进来不是再好不过的吗？我们家将因此充满了爱!"

"让我们接受女儿的建议吧!"丈夫对太太说。

"去! 邀请'爱'当我们的客人。"

女子走到外面问那三位老人:"哪一位是'爱'? 请进来当我们今晚的客人吧!"

"爱"站起来并走向屋子，其他两位老人也站起来跟随着他。

女子惊讶地向"财富"和"成功"说:"我只请了'爱'，为什么你们也要进来?"

三位老者一起回答说: "如果你只请'财富'或是'成功'，那么，另外两人将留在外面。但你既然邀请了'爱'，'爱'到哪里，我们就跟到哪里。哪里有'爱'，哪里就会有'财富'和'成功'!"

★智慧感悟★

爱是一粒种子，只要你把它种在自己心中，用心浇灌，它就会带给你美丽的果实——成功与财富。

只有施与爱心才能体现出生命的最大价值，这是追求成功者需要的博爱心态。爱的巨大力量可以巩固和完善我们的优良品格，懂得这一人生秘密的人往往抓住了通行于世界的根本原则，能够认识到世间事物的美好与真实性，并过上一种幸福的生活。

无论发生什么，都应该直面生命，用健康的、快乐的、乐观的思想去直面生命，都应该满怀希望，坚信生命中充满了阳光雨露。传播成功思想、快乐思想和鼓舞人心思想的人，无论到哪里都敞开心扉，真诚地爱他人，去宽慰失意的人、安抚受伤的人、激励沮丧泄气的人。他们是世界的救助者，是负担的减轻者。施与别人的同时，我们也回报了自己。

心灵无私是营造仁爱氛围的唯一方法

有一天，阎王正在审判分发小鬼们投胎的去处。阎王在那里宣判："张三你到东村投胎做人，李四你到西村投胎做人……"地狱中声声不断，阎王依次分派。

这时，一只等在一边的猴子，忍不住开口说："阎王，那些小鬼你都让他们去投胎做人，你就发发慈悲心肠，让我这只猴子也去尝尝做人的滋味吧。"

阎王说："猴子啊，人的身上没有长长的毛，而你全身上下长满了毛，怎么能去做人呢？"

猴子说："我把身上的毛拔光，不就可以到人间去了吗？"

阎王经不起猴子的再三哀求，答应帮助猴子拔毛。阎王伸手拔了一根毛，猴子痛得"嗷嗷"直叫，一溜儿烟逃走了。

阎王叹了一口气说："连一毛都舍不得拔，还怎么有资格做人呢？"

这则故事给了我们很好的启示。布施不但是成佛的根本，也是做人的根本，一个总是保全自己、自私自利的人，可能连做人都会变得无趣。所以我们应当避免被欲望纠缠身心，否则生活也会跟着不幸。

要知道做个乐于助人的人，把自私驱除，你心中的负担才不会越来越重，而是充满光明。

有位中年人觉得自己的日子过得非常沉重，生活压力太大，想要寻求解脱的方法，因此去向一位禅师求教。禅师给了他一个篓子，要他背在肩上，指着前方一条坎坷的道路说："每当你向前走一步，就弯下腰来捡一颗石子放到篓子里，然后看看会有什么感受。"

中年人照着禅师的指示去做，他背上的篓子装满石头后，禅师问他这一路走来有什么感受。他回答说："感到越走越沉重。"

禅师于是说："每一个人来到这个世上时，都背负着一个空篓子。我们每往前走一步就会从这个世界上捡一样东西放进去，因此才会有越来越累的感慨。"

中年人又问："那有什么方法可以减轻人生的重负呢？"

禅师反问他："你是否愿意将名声、财富、家庭、事业、朋友拿出来舍弃呢？"那人答不出来。

禅师又说："每个人的篓子里所装的，都是自己从这个世上寻来的东西，一旦拥有它，就对它负有责任。"

世间的人，因为生死渴爱、七情六欲皆为追求，如此以为饱足，可是久而久之对这缠人不休的欲望也会生出疲厌，如是就想："这些诱人的色声香味，不要再来到我的面前，使我眼见心烦。"可是五欲依然如旧，不断纠缠人心，于是按捺不住大发雷霆，再次诅咒："我要你迅速消失，永远不要再出现，为什么你还来纠缠，让我见到心生烦恼！"有智慧的人说："一个人若要离开五欲，应该收摄自己的六情，关闭心意，妄想不生，这样才能得到解脱。何必执着眼前的事相，而希望它不生呢？"

★☆★ 智 慧 感 悟 ★☆★

　　自私是一种潜藏在心灵深处的人的本能欲望，它的存在与表现通常是不为人所察觉的，私欲较强的人不顾社会和他人的利益，只为了满足自己的一己之私，而在自己的私欲得到满足的时候却又心安理得地去享受。这也正如卢莱修所说："自私是人类的一种本性，高尚者和卑劣者的区别就在于前者能够克制这种本性而代之以无私的给予，而后者则任其肆意横行。"

有的人眼睛虽然看不见，心却无比光明宽阔；有的人耳聪目明，却只顾一己之私。将要掉在坑里的往往不是瞎眼的，恰恰因为瞎眼的点亮了无私的灯笼，才免得大家一同摔得很难看。

只为自己着想是因为看不到分享的重要

一名农妇死了，她生前没有做过一件善事，小鬼把她抓去，扔在火海里，守护她的精灵站在那儿，心想我得想出她的一件善行，好去对阎王说话。他想啊想，终于回忆起来，就对阎王说："她曾在菜园里拔过一根绳，施舍给一个女乞丐。"阎王说："你就拿那根绳，到火海边去伸给她，让她抓住，拉她上来。如果能把她从火海里拉上来，就让她到天国去。如果绳断了，那女人就只好留在火海里，像现在一样。"精灵跑到农妇那里，把一根绳伸给她，对她说："喂，女人，你抓住了，等我拉你上来。"他开始小心地拉她，差一点儿就拉上来了。火海里别的罪人也想上来，女人用脚踢他们，说："人家在拉我，不是拉你们；那是我的绳，不是你们的。"她刚说完这句话，绳就断了，女人再度掉进火海，精灵只好哭泣着走了。农妇后来才知道这绳其实是可以拉许多人的，阎王想借此再度考验一下她，但她没有经受住这种考验。

人性的卑劣之一在于自私，这是万恶之源。过度自私会带来贪婪，为了达到目的不择手段。还好，跳梁小丑是不会成为历史主角的。

芝加哥电力分公司的会计部每个月都要做细密而且复杂的员工薪

金计算。会计部一位资深的老职员根据多年的经验，总结出一套非常简便的薪金计算方法。但是，对这项新发明的方法，他一直是保密的，绝不透露给其他的人。而他的最终目的就是使自己长久地成为会计部不可缺少而且不可替代的职员。

沃鲁达·基路德毕业后，不顾家人的反对，进入这个电力公司做事。他想，一位老职员都可以想出一套简易计算方法，大学毕业的自己也一定可以想出来。此后的一段时间里，他利用夜晚时间，研究简易计算方法。最后，他终于也想出了这种计算方法。

然而，他并没有像那位老职员那样，把这一方法据为己有，而是全部告诉了同事们。因此，他代替了老职员，而且有了可以提高职位的机会。当奥玛哈分公司的经理职位需要人时，最高管理层把职位交给了年轻的基路德。这是他事业生涯的第一步，此后，他步步高升，40岁时就担任了美国电报电话公司的董事长。

基路德的成功，不但因为他有着卓越的能力，还因为他的无私，与同事能够彼此信任、坦诚相待，更懂得团结和训练他人为自己努力工作。

★智慧感悟★

西方圣哲苏格拉底告诫人们："德行不出于钱财，钱财以及其他一切公与私的利益却出于德行。"自私正是对德行的背离，况且自私的人并不仅仅只着眼于钱财。自私的人事事以自我为中心，他们考虑问题的出发点是"是否对自己有利"，并按只对自己最有利的方面去行动，这就是他们全部生活的基础。一个立志高远的人，如果不能首先克服自私，任何有价值的接近真善美的目标都是难以实现的，并且终将被自私所拖累。

友善，有时让你事半功倍

《人生与伴侣》杂志中有过这样一篇文章：

有一个在电视台工作的记者，台里准备在世界艾滋病日策划一个节目，他自告奋勇扮演艾滋病患者。去年 12 月 1 日上午，他来到某处步行街，选了一个最显眼的位置站住。他在胸前挂了一块牌子，上面写着几个大字："我是艾滋病患者，你可以拥抱我吗？"摄像机远远地隐蔽在一个角落里。他当街一站，立刻吸引了不少行人围观，当那些好奇的目光触及"艾滋病"3 个字时，"哗"地一下四散而逃，有人甚至捂着嘴巴一路小跑。这位记者早有心理准备，依然表情自然、不卑不亢。

不断有人从他身边走过，好奇地看看他胸前的牌子，立即掉头就走。两个小时过去了，竟没有一个人敢上去拥抱他。渐渐的，他挺不住了，开始主动劝说行人："抱抱我吧，与艾滋病人正常交往是没有危险的。"人们却逃得更快了。阳光灿烂，街上人潮汹涌，他孤零零地站在大街上，仿佛被这个世界彻底遗弃了。那一双双冷漠的眼神令他不寒而栗，他甚至忘了自己其实是个"演员"。

终于，一个穿风衣的中年男人走到他跟前，看了看牌子，没有说话，张开双臂深深地拥抱了他，然后又拍拍他的肩。"谢谢！"朋友满怀感激地道谢，莫名其妙地，汹涌的泪水忽然决堤而出，仅仅是一个无声的拥抱，竟让这个七尺男儿当街大哭。过了一会儿，一对年轻的情侣走过来，分别上来拥抱了他，然后手拉着手走了。拥抱，一个又一个……

事后谈起这次经历，那位记者仍有些不好意思："说来惭愧，起初我只是觉得有趣才去的，根本没想到自己会哭。打我记事起从没流过一滴眼泪，但是那天，当我获得第一个陌生人的拥抱时，泪水实在无法控制。那种感觉，你没有亲身体验过，是无法想象的。"

★★智慧感悟★★

　　灾难固然难以承受，但比灾难本身更可怕的是旁观者的冷漠。所以，在别人需要的时候，我们主动伸出双手，给对方一个拥抱，你的温暖就有可能将一个在苦难中挣扎的人带出悬崖。

　　当你试图打开他人的心扉时，温和、友善是最快、最有效的方式。一个人要想活得更加快乐、幸福而有意义，就应该使自己多一点儿真、多一点儿善、多一点儿美。试想，如果你对他人没有真诚、毫不友好，又怎能期望从他人身上得到友善的回报。

心善、心真、心慈

　　佛陀成道后，四处游化，阐释着人生的真理，广说佛法之要，教化了无数的弟子。

　　这一天，佛陀亲自巡视弟子的房间，看见一位比丘躺在床上，于是问道："你的身体是否安好，心中是否有烦恼？"这位比丘很想向佛陀恭敬地礼拜，于是努力地想撑起身子，但是因为疲惫不堪，所以根本无法起身。

　　佛陀见状，慈悯地来到比丘身旁慰问："你怎么病得这么重，却无人照顾呢？"比丘说："出家至今，我生性懒散，看见他人生病也不曾细心照料、关怀，所以自己生病了，也就没有人愿意前来关心，我真是感到惭愧啊！"佛陀听完后，便亲自清理比丘的排泄秽物，把比丘的房间打扫得干干净净。这时帝释天看到佛陀的慈心，也前来用水洗浴比丘的身体，而佛陀也以手轻轻地抚摸比丘。顿时，比丘身心安稳、全身舒畅，一切苦痛顿时化为清凉。

佛陀这时对比丘说："你出家至今甚为放逸，不知勤求出离生死、解脱烦恼，所以才会身染疾苦，希望你从今天起，要精进用功。"比丘听后，便至诚地向佛陀顶礼忏悔："佛啊！承蒙您的探望与庇佑，如果不是佛光普耀、慈悲摄受，恐怕弟子早已身亡，轮回六道了。弟子从今日起，一定会发大心，上求佛道、普度群迷。"比丘真心忏悔并且精勤办道，后来即得证阿罗汉果。

佛陀不畏劳苦、不避污秽的行为感动了比丘，让他从内心深处产生一种向佛的力量，正是这种力量，敦促他修成正果。

佛法大乘菩萨道的精神，就是为利益一切众生而有所作为，处处牺牲自我，成就他人，应如是布施，应万缘放下，利益他人的身心。这才是生命的最高道德，也是宗教最闪耀的情怀，是世间最美丽的心灵。播下慈悲的种子，世人都可享用丰硕的果实；留下几句仁爱的语言，世间都将充满温暖的和风。种子探头笑，和风拂柳枝，此中风情，此间美丽，都令人心中漾满欢喜。

智慧感悟

世人也应当怀有一颗博爱之心，做到心善、心真、心慈，对世间的种种事物持平等和宽厚的态度。不要过于苛责别人，不要轻易迁怒于人，不要故意伤害他人。人生天地间，要存一颗怜悯之心，无论是对他人，还是对各种生物，毕竟我们生活在一个地球上，是同命运、共呼吸的伙伴。

心存博爱，伸出援助之手

寒冷的街头，一个衣着破烂的丹麦小女孩站在一家蛋糕店门前，看着橱窗里的大蛋糕，眼睛都直了。她已经在寒风里站了很久。这时，蛋糕店里走出来一个漂亮的女店员："小妹妹，你是在这里等人吗？""不，我是在向上帝祷告，请他赐给我一块漂亮又美味的大蛋糕。"小女孩认真地抬起头问，"姐姐，你说上帝能够听见我的请求吗？""会的！"女店员认真地点点头，接着，她把小女孩带进了蛋糕店。小女孩看着五颜六色的蛋糕和光亮的蜡烛，一脸的羡慕和陶醉。一会儿，女店员端来了一盆热水，拿了一条毛巾。她把小女孩带到一边，开始给小女孩洗手洗脸。小女孩的脸已经在外面被寒风冻得通红了，她睁着一双大眼睛看着这位女店员在她身边忙着，一脸的疑惑。到了最后，女店员用碟子端来一块大蛋糕，上面放着许多亮晶晶的果仁。小女孩迟疑地接过大蛋糕，眼眶里蓄满了泪水。女店员对小女孩笑了笑，说："小妹妹，还有什么需要吗？""我可以吻你一下吗？"小女孩亲了一下女店员，俯在她的耳边轻轻地问了一句："姐姐，你是上帝的妻子吗？"

寄予同情就像馈赠其他礼物一样，重要的是内心，只要拥有一颗博爱之心，就会发现自己离上帝又近了一步。人之行善，并不是体现在喋喋不休的说教中，有时一个小小的善举也可以让你成为拯救他人出苦难的上帝。

1979 年，诺贝尔委员会决定从 56 位候选人中选出一位除了爱之外什么都没有的人作为诺贝尔和平奖的获得者，在这次评选中，特蕾莎修女成为这个奖项的获得者。

授奖公报对特蕾莎修女的事业给予了高度的评价："她的事业有一个重要的特点：尊重人的个性、尊重人的天赋价值。那些最孤独的人、处境最悲惨的人，得到了她真诚的关怀和照料，这种情操发自她对人的尊重，完全没有居高临下施舍的姿态。""她在帮助穷人的事业中，做出了影响世界的最杰出贡献。"

在金碧辉煌的诺贝尔奖颁奖大厅里，特蕾莎修女深怀感激地对全世界说："这项荣誉我个人不配领受。今天我来接受这个奖项，是代表世界上的穷人、病人和孤独的人。"她宣布，将把得到的这笔巨额奖金全部捐献给慈善机构，全部用来为穷人和受苦受难的人谋利益。颁奖仪式结束后，特蕾莎修女得知，那天晚上还有一场为全体来宾准备的盛大宴会，总共要花费7100多美元。一向克己的她不禁黯然神伤，抹去了眼角的泪水，带着深深的不安向诺贝尔委员会提出了真诚的请求：取消按照惯例举行的授奖盛宴，将省下的钱用于帮助穷人。因为这是一种极大的浪费，盛宴只能供100多位来宾享用，如果把这笔钱交给慈善机构，却可以让1500位穷人吃上一天的饱饭。诺贝尔委员会很快就答应了这一请求，把7100美元统统赠予了她所领导的仁爱修会。

她的请求也没有得罪任何嘉宾，反而深深地打动了他们。与此同时，瑞典全国掀起了向仁爱修会捐款的热潮。自此以后，她帮助穷人的事业，得到了全世界各国人民越来越广泛的支持。

获奖后，特蕾莎修女遵守了"自己为穷人、病人和孤独的人领奖"的诺言，把19.2万美元奖金连同那7100美元全部捐给了一个为防治麻风病而建立的基金会，根本没有留下一点儿钱给自己。最让人肃然起敬的是她将诺贝尔和平奖的奖章也卖了，所得捐给了贫困者。

博大的爱可以感动天地，一场盛宴在无私的爱面前不再声势浩大。无私的爱不仅可以给被爱的对象带来温暖和帮助，使其走出困境，更可以感染其他人一起献出自己的爱。

特蕾莎修女用自己博大的爱和真诚感动了诺贝尔委员会，破例取消照惯例将举行的盛宴是最好的例证。我们不一定要做出像特蕾莎修女那样伟大的事业，但是至少可以形成这样的习惯：在自己过得很好时，想想那些还在困境中的人们，尽自己的所能，去帮助更多的人，让这个世界因为你的爱而多一分美好。

智慧感悟

爱是一种能量，它能够互相传递，能够让人在困顿的日子里看见希望。生活中如果没有了爱，那将是多么可悲而可怕的一件事。

爱是黑暗岁月里的一盏明灯，温暖每一个寒冷的灵魂。

以一言之善化一切干戈

有一天，佛陀在邸园精舍的时候，六群比丘吵起架来，并且举出十点，嘲骂那些正直的比丘。佛陀知道此事后，便召集六群比丘来开示道："过去，健驮逻王在得叉尸罗城治国的时候，有一头母牛生下一头小牛。有一婆罗门就从养牛人家讨回那头小牛，并为它取名叫欢喜满。婆罗门把小牛放在儿女的住处，每天拿乳粥饭食等喂养它，很爱护它。

"过了几个月，小牛长大了。它想：'这婆罗门曾费了许多心血来养我，现在我是全阎浮提力气最大的牛，正好让我来显一次本领，报答他养育我的恩惠吧！'

"有一天，欢喜满对婆罗门说道：'婆罗门！请你到养牛的长者家，告诉他说：我所养的雄牛能拖一百辆货车。你就以千金跟他打赌吧！'

"婆罗门就到那长者的家里，问长者道：'这城中谁养的牛最有力气？'

"长者先举别家的牛来回答，最后说：'全城中没有一头牛能及得上我所养的。'

"'我也有一头牛，能拖一百辆货车。'婆罗门道。

"'哪里有这样的牛？'长者不相信。

"'我家里就有。'婆罗门得意地说。

"长者不服气，便以千金和他打赌。

"婆罗门回去后，便在百辆的车中装满沙石，为欢喜满洗浴，喂它香饭，把它驾在第一辆车的车轭上，举起皮鞭叱道：'走呀！欺瞒者！拉呀！欺瞒者！'

"这时，牛听到这话，觉得自己并非欺瞒者，为何今天受这种称呼？它不知所以，四只脚就如柱子般立着不动。长者看到这情形，就叫婆罗门交出千金。

"婆罗门损失了千金，解下牛，回到家里忧郁地躺着。欢喜满走回来，看见婆罗门忧郁地躺在那里，便走上前去问他：'婆罗门啊！你为什么躺在这里呢？'

"婆罗门很不高兴地回答道：'千金输去了，还能睡觉吗？'

"'婆罗门！我在你家这么久，曾经打碎过碗没有？曾经在别处撒过粪尿没有？'

"'都没有。'婆罗门连忙否认道。

"'那么，你为什么要叫我欺瞒者呢？'欢喜满问道，'你这样称呼我，是你自己的错而不是我的错。现在你可以再去和那长者赌两千金，但这次你可不要再叫我欺瞒者呀！'

"婆罗门听了欢喜满的话，再去和长者相约打赌两千金。

"依照上回的方法，把百辆货车前后联系起来，并将装饰好的欢喜满驾系在第一辆车子的前面。婆罗门坐在车上，用手轻轻地拍着牛背说道：'贤者啊！前进呀！贤者啊！往前拉吧！'果然，欢喜满把联系着的百辆货车拉着前行，很快就到达了目的地。

"专门养牛的那位长者终于拿出两千金来，其他的人看到这种情形也都拿出很多钱来赏赐欢喜满。婆罗门因为欢喜满的帮助，终于得到了许多财物。

"比丘们啊！恶语是谁也不喜欢的，就是畜生也不喜欢。"

佛陀叱责六群比丘以后，就制定学处，指示弟子们应该说柔软语、真实语、慈悲语、爱语，不可说恶语，因为恶语不仅伤害别人，更伤害自己。

正所谓良言一句三冬暖，恶语伤人六月寒。哪怕只是一言之善，也可以呈现善良的力量。古语云："与人善言，暖于布帛。"一句充满善意的话语往往会充满无形而巨大的力量，它不仅可以暖人心脾、给人以希望和信心，它甚至还可以"以一言之善而制止一场武力"、化干戈为玉帛。李敖在他的《北京法源寺》一书中就曾因冯道的一言之善制止了一场战争而给予其高度的评价：

"契丹打进中国，杀人屠城，无恶不作，中国的英雄豪杰，谁也保护不了老百姓，但是冯道却用巧妙的言辞、大臣的雍容，说动了契丹皇帝，放中国人一马。欧阳修写《新五代史》虽然对冯道殊乏好评，但也不得不承认'人皆以谓契丹不夷灭中国之人者，赖道一言之善也'！冯道能够以'一言之善'，从胡人手中，救活了千千万万中国百姓，这比别的救国者对老百姓实惠得多了。"

的确，善言必然是发自内心的善意，一个话语间充满了善意的人必定是一个拥有博爱心态的人。而这种发自内心的善意再通过善意的语言表达出来，则最能打动人心。佛法是极其讲究善良的，劝人向善便是其中的一大教义，而且这种善不仅仅表现在言语上，更表现在对于恶的包容与改正上。

★智慧感悟★

语言是人类表达思想、体现信仰的重要工具，是沟通人际关系的重要桥梁。人们都是通过语言来交流和联络情感、加深友谊的，因此，语言表达的善与恶直接影响到了交流及人际交往。美好的语言能使大事化小、小事化了；美好的语言能平息怨恨、和睦邻里、团结众人。一句善意的话语则能使别人获得引导，点燃他的自信，给他以无穷的力量。

第八章

多些雅量，大肚能容天下事

　　器量，是一种不需投资便能得到的精神高级滋补品；是一种保持身心健康、具有永久疗效的"维生素"；是一种宠辱不惊，笑看庭前花开花落的清新剂；是一种使人做到骤然临之而不惊，无故加之而不怒的智慧和定力。

设身处地地为他人着想

一位年轻慈善家请教一位得道的高僧，他问："我如何才能变成一个自己愉快，同时也能够让别人愉快的人呢？"

高僧笑着对他说："孩子，在你这个年龄有这样的愿望，已经是很难得了。很多比你年长许多的人，从他们问的问题本身就可以看出，不管给他们多少解释，都不可能让他们明白真正重要的道理，就只好让他们那样好了。"

年轻慈善家满怀虔诚地听着，没有流露出丝毫得意之色。

高僧接着说："我送给你四句话。"

高僧的第一句话是："把自己当成别人。你能说说这句话的含义吗？"

年轻慈善家回答说："是不是说，在我感到痛苦忧伤的时候，就把自己当成是别人，这样痛苦就自然减轻了；当我欣喜若狂之时，把自己当成别人，那些狂喜也会变得平和中正一些？"

高僧微微点头表示赞同。

高僧接着说第二句话："把别人当成自己。"

年轻慈善家沉思一会儿，说："这样就可以真正同情别人的不幸，理解别人的需求，并且在别人需要的时候，给予恰当的帮助？"

高僧两眼发光，继续说第三句话："把别人当成别人。"

年轻慈善家说："这句话的意思是不是说，要充分地尊重每个人的独立性，在任何情形下，都不可侵犯他人的核心领地？"

高僧哈哈大笑："很好，很好。这一点是世俗间人们最容易遗忘的一件事！因为人们往往妄想着要去改变他人，却在无意之间伤害到了对方……"

高僧说的第四句话是："把自己当成自己。这句话理解起来太难了，留着你以后慢慢品味吧。"

年轻慈善家说："这句话的含义，我虽一时体会不出，但这四句话之间就有许多自相矛盾之处，我用什么才能把它们统一起来呢？"

高僧说："很简单，用一生的时间和精力。"

那位高僧是位拥有大智慧的智者，只是短短四句——把自己当成别人、把别人当成自己、把别人当成别人、把自己当成自己——便道出了与人为善的真谛。话短意长，耐人寻味。

★ 智 慧 感 悟 ★

设身处地地为别人着想的理解是一缕精神阳光，借助这缕"阳光"，可以澄清我们的思路，净化我们的心灵，使我们在工作、学习和生活中显得更充实、更自在、更快乐。

肯尼斯·库第在他的著作《如何使人们变得高贵》中说："暂停一分钟，把你对自己事情的高度兴趣，跟你对其他事情的漠不关心，互相做个比较。那么，你就会明白，世界上其他人也正是抱着这种态度！这就是要想与人相处，成功与否全在于你能不能以同情的心理，理解别人的观点。"

宽容穿越狭隘的桎梏

约翰和他的邻居原本和睦相处、关系融洽。一年夏天，约翰家院子里的树木长得枝繁叶茂，蜿蜒曲折的树枝蔓延到了邻居家的花园，遮住了邻居家花园的阳光。邻居家对此非常恼火，多次劝说约翰砍掉树枝。约翰对邻居的建议充耳不闻，两家为此事闹的关系显得不如以前那样融洽。后来，邻居在一气之下愤然把约翰家的树木主干砍掉了，整棵树就枯萎了。约翰知道后非常生气，跑到约翰家大吵一顿，两家从此后不再说话。

就这样过了几年，两家谁都不愿意先低头，关系始终僵持着。直到一次，约翰正在花园除草，丝毫没有注意到一个醉汉驾驶着一辆车，在路上飞快地行驶着。在酒精的作用下，醉汉根本没有清醒的头脑把握方向盘。突然，车辆朝着正在劳作的约翰冲过来。这一幕被邻居看在眼里，邻居大叫一声"快躲开"，约翰猛回头，已经来不及躲闪，车辆从约翰的双腿上轧过去，约翰顿时晕了过去。邻居迅速拨了急救电话，并赶紧报警。在救护车到达之前的时间里，邻居对约翰进行了紧急救护，做了简单的包扎。很快，约翰被送到医院进行了抢救。所幸，由于及时抢救保住了双腿。经过几个月的治疗、护理，约翰很快恢复了健康。他们一家对邻居非常感谢。如果没有邻居的及时提醒，后果不堪设想。此时，两家人对此事欷歔不已、感触良久。两家也就此抛开了以往的恩恩怨怨，重归于好。

★ 智慧感悟 ★

拥有宽容的心态就能够远离世事纷扰。人们不再拘泥于人与人之间的是是非非、恩恩怨怨，能够以更加豁达、敞亮的心态迎接明天的阳光。

宽容是一种伟大的人格力量

2004 年 8 月 17 日，雅典奥运会男子 3 米板双人跳水决赛现场。当中国选手彭勃和王克楠以领先 12 分多的优势进入最后一跳时，人们似乎已经看到金牌握在他们手中了。因为他们的劲敌萨乌丁明显状态不佳，前面已经有动作失误得了低分，而澳大利亚名将纽贝里连续出现低质量动作。积分排在王克楠、彭勃二人后面的，都是些名不见经传的选手。

然而，王克楠鬼使神差般地走板失误，"打死板"了，跳起时获得的向上动力不足，在半空中无法完成动作，身体没能完全打开，直接跌入了水中，零分！之后，萨乌丁在做最后一个动作时因为脚碰跳板，只得了0.5分的低分，俄罗斯组合也退出了奖牌的争夺，金牌就这样做梦一般落到了希腊人的手里。

彭勃走过去拍拍王克楠的肩膀说："没事。"之后，不管接受任何媒体的采访，彭勃在谈到这件事时，不但恳请媒体多给失误的队友鼓励，而且始终用"我们"来解析这次失利，主动分担责任，和队友一起面对失败。从"我们"二字中，可以读出彭勃胸襟的宽厚、人格的美丽。

8天之后的凌晨，彭勃在男子单人3米板上，以完美的"空中芭蕾"征服了裁判，征服了观众，肯定也征服了制造神话的希腊诸神——他终于用无人能阻的气势夺得了男子单人3米板的冠军！

当彭勃将单人金牌揽到手中后，坐在场边的王克楠大步跑了过来，与好朋友拥抱在一起，共同庆祝这枚来之不易的金牌。彭勃赛后说："今天王克楠没有比赛，但是他也来到赛场为我加油。可以这么说，如果今天没有王克楠到场给我鼓劲，我的金牌也不会拿得这么顺利。"而此时的王克楠也如释重负，兴奋地说："你终于为我们争了一口气。"

在生活和工作中，我们经常会碰到像彭勃和王克楠这样倒霉的时刻，也许很多人在这种时候，首先想到的是推脱责任、互相埋怨。而彭勃选择的是宽容。因为宽容而心怀坦荡、无怨无悔，所以彭勃能一直保持良好、稳定的心态，轻松上阵；因为宽容，他赢得了队友的大力支持，获得了巨大的精神力量，最终顺利折桂。

宽以待人，就是说做人要心胸宽广，忍耐性强，对别人宽厚、能容忍别人的过失。有位哲人曾说过："谁想在遭遇厄运时得到援助，就应该在平时宽以待人。"一个平时宽厚的人，顺利的时候可以与之共同奋斗，困难的时候人们也会去帮助他。

虚怀若谷，大肚容下天下事

小雅很孤独，在班上没人管理她，就偷偷跑到江边散心。只见船只在江面上航行，鱼虾在波涛中出没，一派热闹景象。小雅问道："大江啊大江，你为什么这样宽、这样长？"

大江回答说："我从雪山流下来，半路上接纳了无数条支流的水，所以才很宽阔、很雄伟。"

小雅跑到另一条支流的河口，说："这条河也太小了，这点水你也要吗？"

大江说："没关系，小不要紧，我在雪山上时，也是一条小溪。千百条小河，总能会聚成一条大江。"

小雅听了大江的话，学会了宽待别人。同桌的男生打碎了她的小镜子，她不再乱发脾气；身后的女孩借了她的书忘了还，她也学会了委婉地提醒。时间一长，小雅和班上每一个同学都相处得很融洽。

秉持宽容心态要求我们为人要胸怀宽广，这样才可以获得他人的赞许和帮助。

在古代，有很多人的行为是颇值得我们借鉴的：有的人听到别人说自己的过错就很开心，因为他知道，有人指出了自己的错误，以后就可以加以改进；有的人，如果谁当面指出他的毛病，他就会非常感谢，给人下拜行礼……这反映出了这些古人的高尚情操和宽容心态。

生活中，孤独的人是不会开心的，也无法前进。要想获得真正的幸福，需要虚怀若谷。

器量决定一个人生命的高度

有这样一个故事：

孟子第一次见梁惠王的儿子襄王时，走出来对大家说："望之不似人君，就之而不见所畏焉。"意思是远远地看襄王根本没有君主的样子，近处观察发现他没有一点儿谦虚之德和恐惧戒慎之心，可见其器量之狭小。

对此，南怀瑾先生感慨地说："一个越是有德的人，当他的地位越高，临事时就越是恐惧，越加小心谨慎……不但一国君主应该戒慎恐惧，就是一个平民，平日处世也应该如此，否则的话，稍稍有一点儿收获就志得意满。赚了一千元，就高兴得一夜睡不着，这就叫作'器小易盈'，有如一个小酒杯，加一点儿水就满溢出来了，像这样的人，是没有什么大作为的。"在南先生看来，古人立身修德，应当追求"海纳百川，有容乃大；壁立千仞，无欲则刚"之境界；那些目光短浅、骄傲自大之辈，是绝不会成就大事的。

曼德拉的故事，就再次说明了器量对于一个人的重要性。

南非的民族斗士曼德拉，因为带领人民反对白人种族隔离政策而入狱，白人统治者把他关在荒凉的大西洋小岛罗本岛上 27 年。当时尽管曼德拉已经步入老年，但是白人统治者依然像对待年轻犯人一样对待他。

曼德拉被关在总集中营一个"锌皮房"里，他的任务是将采石场采的大石块碎成石料，有时从冰冷的海水里捞取海带，还做采石灰的工作。因为曼德拉是要犯，专门看守他的就有3人，他们对他并不友好，总是寻找各种理由虐待他。

27年的监狱生活并没有打倒曼德拉，他坚强地走出监狱，获得了自由。1991年，他被选为南非总统。曼德拉在他的总统就职典礼上的一个举动震惊了整个世界。总统就职仪式开始时，曼德拉起身致欢迎词。他先介绍了来自世界各国的政要，然后他说，他深感荣幸能接待这么多尊贵的客人，但他最高兴的是，当初他被关在罗本岛监狱时看守他的3名前狱方人员也能到场，然后他把这3人介绍给了大家。

曼德拉博大的胸襟和崇高的精神，让那些残酷虐待了他27年的白人无地自容，也让所有到场的人肃然起敬。看着年迈的曼德拉缓缓站起身来，恭敬地向3个曾关押他的看守致敬，世界在那一刻平静了。

事后，曼德拉向朋友们解释说，自己年轻时性子很急，脾气暴躁，正是在狱中学会了控制情绪才活了下来。他的牢狱岁月给他时间与激励，使他学会了如何面对苦难。他说，包容的心态经常是源自痛苦与磨难的，必须以极大的毅力来训练。身陷囹圄的时候，如不能把悲痛与怨恨留在身后，那么这个人其实仍在狱中，因为他的心灵始终都处于禁锢的状态。

★智慧感悟★

器量决定一个人生存的高度。对于一个人来说，器量是处世立身的根本，它被放得越宽泛，生命的丈量尺度就越难以计算。器量，是一种不需投资便能得到的精神高级滋补品；是一种保持身心健康、具有永久疗效的"维生素"；是一种宠辱不惊，笑看庭前花开花落的清醒剂；是一种使人做到骤然临之而不惊、无故加之而不怒的智慧和定力。

器量，鄙视的是斤斤计较、蝇营狗苟和鼠目寸光的行为；崇尚的是磊落坦荡、无私无畏和志存高远的品格；失去的是不平、烦恼和怨恨；得到的是友情、快乐和幸福；抛弃的是狭隘、偏激、小气和毫无意义的你争我斗；得来的是宽广、博大、舒畅和融洽的人际关系。

敞开你的胸怀，你才飞得更远

有一条鱼在很小的时候被捕上了岸，渔人看它太小，而且很美丽，便把它当成礼物送给了女儿。小女孩把它放在一个鱼缸里养了起来，每天这条鱼游来游去总会碰到鱼缸的内壁，心里便有一种不愉快的感觉。

后来鱼越长越大，在鱼缸里转身都困难了，女孩便给它换了更大的鱼缸，它又可以游来游去了。可是每次碰到鱼缸的内壁，它畅快的心情便会黯淡下来，它有些讨厌这种原地转圈的生活了，索性静静地悬浮在水中，不游也不动，甚至连食物也不怎么吃了。女孩看它很可怜，便把它放回了大海。

它在海中不停地游着，心中却一直快乐不起来。一天，它遇见了另一条鱼，那条鱼问它："你看起来好像闷闷不乐啊！"它叹了口气说："啊，这个鱼缸太大了，我怎么也游不到它的边！"

我们是不是就像那条鱼呢？在鱼缸中待久了，心也变得像鱼缸一样小了，不敢有所突破。即使有一天，到了一个更为广阔的空间，已变得狭小的心反倒无所适从了。

智慧感悟

打开自己，需要敞开自己的胸怀。

开放，是一种心态、一种个性、一种气度、一种修养；是能正确地对待自己、他人、社会和周围的一切；是对自己的专业和周围的世界都怀有强烈的兴趣，喜欢钻研和探索；是热爱创新，不墨守成规、不故步自封、不固执僵化；是乐于和别人分享快乐，并能抚慰别人的痛苦与哀伤；是谦虚，承认自己的不足，并能乐观地接受他人的意见，而且非常喜欢和别人交流；是乐于承担责任和接受挑战；是具有极强的适应性，乐意接受新的思想和新的经验，能够迅速适应新的环境；是坚强的心胸，敢于面对任何的否定和挫折，不畏惧失败。

包容比惩罚更有力量

一次，楚庄王因为打了大胜仗，十分高兴，便在宫中召开盛大晚宴，招待群臣。宫中一片热火朝天，楚庄王也兴致高昂，让自己最宠爱的妃子许姬，替群臣斟酒助兴。

忽然一阵大风吹进宫中，蜡烛被风吹灭，宫中立刻漆黑一片。黑暗中，有人扯住许姬的衣袖想要亲近她。许姬便顺手拔下那人的帽缨挣脱离开，来到楚庄王身边告诉楚庄王："有人想趁黑暗调戏我，我已拔下了他的帽缨，请大王快吩咐点灯，看谁没有帽缨就把他抓起来处置。"

楚庄王说："且慢！今天我请大家来喝酒，酒后失礼是常有的事，不宜怪罪。再说，众位将士为国效力，我怎么能为了显示你的贞洁而辱没我的将士呢？"说完，楚庄王不动声色地对众人喊道："各位，今天寡人请大家喝酒，大家一定要尽兴，请大家都把帽缨拔掉，不拔掉帽缨不足以尽欢！"于是群臣都拔掉自己的帽缨，楚庄王再命人重新点亮蜡烛，宫中一片欢笑，众人尽欢而散。

三年后，晋国进攻楚国，楚庄王亲自带兵迎战。交战中，楚庄王发现军中有一员将官总是奋不顾身，冲杀在前，所向无敌。众将士也在他的影响和带动下，奋勇杀敌，斗志高昂。这次交战，晋军大败，楚军大胜回朝。

战后，楚庄王把那位将官找来，问他："寡人见你此次战斗奋勇异常，寡人平日好像并未对你有过什么特殊好处，你为什么如此冒死奋战呢？"那将官跪在楚庄王阶前，低着头回答说："三年前，臣在大王宫中酒后失礼，本该处死，可是大王不仅没有追究问罪，反而设法保全我的面子，臣深深感动，对大王的恩德牢记在心。从那时起，我就时刻准备用自己的生命来报答大王的恩德。这次上战场，正是我立功报恩的机会，所以我才不惜生命，奋勇杀敌，就是战死疆场也在所不惜。大王，臣就是三年前那个被王妃拔掉帽缨的罪人啊！"

一番话使楚庄王和在场将士大受感动，楚庄王走下台阶将那位将官扶起，那位将官已是泣不成声。

楚庄王如果有心追究，那个犯了错的将官一定是死路一条，但是，楚庄王的包容给了那位将官生的机会，也为自己赢得了胜利的机会。

★智慧感悟★

西方人常说"赠人玫瑰，手有余香"，给别人带来好处，自己也能从中收获付出的幸福感。自私自利、心胸狭窄的人，就很难体会到这样的满足感。

人孰能无过？人会在一时冲动之后犯下错误，那时他已经感到内疚，最需要的不是增加惩罚，而是得到谅解和包容。与其痛惩他的过错，不如用包容的心态对待他，引他为善，世上就少了一个恶人，多了一个善士。

多一些大度，少一些计较

从前有两个人，一个叫提耆罗，一个叫那赖。这两个人神通广大，本领高超，无论是婆罗门、佛家弟子，还是仙人、圣人、龙王及一切鬼神，无不钦佩，都来向他们顶礼膜拜。

一天夜里，提耆罗因长时间诵经感到十分疲乏，先睡了。那赖当时还没有睡，一不小心踩了提耆罗的头，使他疼痛难忍。提耆罗一时心中大怒地说："谁踩了我的头？明天清早太阳升起一竿子高的时候，他的头就会破为七块！"那赖一听，也十分恼怒地叫道："是我误踩了你，你干什么发那么重的咒？器物放在一起，还有相碰的时候，何况人和人相处，哪能永远没有个闪失呢？你说明天日出时，我的头就要裂成七块，那好，我就偏不让太阳出来，你看着好了！"

由于那赖施了法术，第二天，太阳果然没有升起来。一连几天过去了，太阳仍没有出现。两个人由于心胸狭窄，不能宽宥对方，从而让整个世界都处在了一片漆黑中。

这个小故事告诉了我们一个深刻的道理：做人要大气、大度，不能够小肚鸡肠，否则于人于己都不利。

★智慧感悟★

大度，是一种修养，是一个人健全人格和健康心理的体现；大度也是一种气质，是一个人幸福生活的前提。大度来自人的理念、理想追求及道德修养。要做到大度，不小气，首先要有包容心态。拥有包容心态的人在看问题方面会比较大气，而心胸狭隘的人只能囿于自己的小圈子里面，为了鸡毛蒜皮的事情跟人吵得面红耳赤。

因此，我们要始终怀着一颗包容的心去观察和认识世界，要用长远的眼光去看问题，只有这样，才能具有宏大而深邃的视野，才能有宽阔的胸襟。

包容已经逝去的情感

两情相悦的情感才叫爱情，当一方感受到痛苦，我们与其纠缠不放，最后两败俱伤，不如坦然放手，包容这段逝去的爱情，为对方也为自己留有一段美好的回忆。

一个周五的早晨，格兰的礼品店依旧开门很早。格兰静静地坐在柜台后边，欣赏着礼品店里各式各样的礼品和鲜花。

忽然，礼品店的门被推开了，走进来一位年轻人。他的脸色显得很阴沉，眼睛浏览着礼品店里的礼品和鲜花，最终将视线固定在一个精致的水晶乌龟上面。

"先生，请问您想买这件礼品吗？"格兰亲切地问。可是，年轻人的眼光依旧冰冷。

"这件礼品多少钱？"年轻人问了一句。

"50 美元。"格兰回答道。年轻人听格兰说完后，伸手掏出 50 美元钱甩在柜台上。格兰很奇怪，自从礼品店开业以来，她还从没遇到过这样豪爽、慷慨的买主呢。

"先生，您想将这个礼品送给谁呢？"格兰试探地问了一句。

"送给我的新娘，我们明天就要结婚了。"年轻人依旧面色冰冷地回答着。格兰心里咯噔一下：什么，要送一只乌龟给自己的新娘，那岂不是给他们的婚姻安上一颗定时炸弹？格兰沉重地想了一会儿，对年轻人说："先生，这件礼品一定要好好包装一下，才会给你的新娘带来更大的惊喜。可是今天这里没有包装盒了，请你明天早晨再来取好吗？我一定会利用今天晚上为您赶制一个新的、漂亮的礼品盒……"

"谢谢你！"年轻人说完转身走了。

第二天清晨，年轻人早早地来到了礼品店，取走了格兰为他赶制的精致的礼品盒。年轻人匆匆地来到了结婚礼堂，但新郎不是他，而是另外一个年轻人！他快步跑到新娘跟前，双手将精致的礼品盒捧给新娘，而后，转身迅速地跑回了自己的家中，焦急地等待着新娘愤怒与责怪的电话。在等待中，他的泪水扑簌簌地流了下来，有些后悔自己不该这样做。

傍晚，婚礼刚刚结束的新娘便给他打来了电话："谢谢你，谢谢你送我这样好的礼物，谢谢你终于能明白一切，能原谅我了……"电话的一边新娘高兴而感激地说着。年轻人万分疑惑，他什么也没说，便挂断了电话。但他似乎又明白了什么，迅速地跑到了格兰的礼品店。推开门，他惊奇地发现，在礼品店的橱窗里依旧静静地躺着那只精致的水晶乌龟！

一切都已经明白了，年轻人静静地望着眼前的格兰。而格兰依然静静地坐在柜台后边，冲着年轻人轻轻地微笑了一下。年轻人冰冷的面孔终于在这瞬间被改变成一种感激与尊敬："谢谢你，谢谢你，让我又找回了我自己。"

格兰笑着说："先生，过去的就让它过去吧，你的宽容会为一对新人带来幸福的。"年轻人抬起头问道："我想知道我送给他们的究竟是什么？"

"是两颗相交在一起的水晶心。"格兰淡淡地答道。

智慧感悟

故事中的年轻人，差点因为怨恨而犯下了错误，他也为自己的冲动而感到万分的后悔，心绪不宁。这一切其实是可以避免的。怨恨和嫉妒往往会让人迷失自己。愤恨就像心中的野兽，会吞噬我们的快乐与良知，而包容是人性的美德，可以使日常生活多些润滑，少些摩擦，它使人去除偏执、愤怒与冷漠。给别人一些包容，自己也会获取幸福与快乐。

我们应该明白如果爱走到尽头，没有挽回的余地，不如让它离开，爱过也是一种人生。时间会告诉你，生活并不需要无谓的执着，千万不要把自己困在愤懑的牢笼中，而应用一种包容的心态去成全他人，成全自己人生的美丽风景。

理解他人，包容别人的过失

著名京剧表演艺术家梅兰芳先生是一位善于理解他人的人，因此他也受到许多人的尊敬，得到了"白玉无瑕"的美名。

抗战胜利后，在上海一家小报的广告中出现了"艺人梅兰芳卖画"的字样，显然，是有人在冒梅兰芳之名赚钱。对这种恶劣行为，梅兰芳的朋友们都十分气愤，纷纷准备去那家小报兴师问罪，并准备找出那个冒名者，狠狠教训他一通。

梅兰芳却劝阻了他们，他对朋友们说，这个冒名者想赚钱不假，但通过卖画来赚钱，想必也是有点本事的，估计也是个读书人，只不过命运不济罢了。

朋友们了解了一下冒名者的来历，果然同梅兰芳所预料的一样。

无独有偶，西班牙著名画家毕加索也有这样的包容胸怀。

毕加索对冒充他作品的假画毫不在乎，从不追究，最多只是把伪造的签名除掉。有人不解地问他为什么这样，毕加索说："作假画的人不是穷画家就是老朋友，我是西班牙人，不能和老朋友为难，穷画家朋友们的日子也不好过。再说，那些鉴定真迹的专家们也要吃饭，那些假画使许多人有饭吃，而我也没有吃亏，为什么要追究呢？"

梅兰芳和毕加索都是伟大的，都是聪明的，正是他们的理解，才使许多人得以生存。他们没有因为理解、包容别人而失去什么，反而得到了大家的敬重。

理解是伟大的，它拉近了心与心之间的距离，增进了人与人之间的感情，避免了无意义的争端。理解是一座舒心桥，只有理解别人，才能得到别人的理解。理解既给别人带来快乐，也让自己免受烦恼之苦，可谓既利人又利己。

凡事都要先摆脱私心的缠绕

有这样一个小故事：

在一个美丽的花园里，曾住着一个巨人。巨人很凶恶也很自私，所以没有人敢接近他。后来巨人离开了花园去探望他的朋友，要很久才能回来。自他走了之后，很多小孩子放了学都来花园玩，这是他们向往已久的地方。在这个美丽的花园里，草地柔软得像块绿地毯，花朵星星点点地散布在绿毯上。美丽的桃树绽放出娇嫩的粉色花朵，鸟儿在桃树上唱着春的赞歌。一切都是那么和谐与温馨。孩子们在花园里嬉戏玩耍，感受绿草的清新和花朵的芬芳，聆听鸟儿婉转的歌声。可爱的孩子们都很快乐。

后来，巨人回来了。当看见一群孩子在花园里肆无忌惮地追跑打闹时，巨人很生气。他阴着脸说："谁容许你们来这里的，以后不许再来。"孩子们都吓坏了，纷纷跑出了花园。巨人自言自语道："这是我自己的花园，谁都别想占有，只有我可以使用。"后来，为了防止孩子们再进来，他在花园四周筑起了高高的墙，并在墙上贴上告示：禁止入内，否则会受到惩罚。他是多么的自私。

巨人总是一个人待在屋子里，时常会感到寂寞。透过窗子，他看到的花园永远都是那么萧条，没有一点儿生机。春天和夏天不曾到来，虽然秋天曾来光临，却不给他的花园带来丰收。因为秋天也看出了巨人的自私。所以，只有冬天停驻在花园，没完没了地刮风、下雨，还降雪，花园好似冰窖一样。

忽然有一天早上，巨人睁开眼后听到了婉转的鸟鸣声，这是久违了的声音，他不禁从床上坐起来。透过窗，他看到了屋外满园春色，馥郁的花香和淡淡的青草味让他精神顿时振奋起来。和煦的春风温柔地拂过桃花羞涩的脸颊，鸟儿在树枝上叽叽喳喳地唱着，春天终于来了。这时，他看见有几个小孩从高墙下的小洞里偷偷钻了进来，欢乐地奔向了可爱的大树。他们坐在了大树下面，互相打闹。孩子们又回来了，大树随着春风摆动着树枝，花朵也快乐地点着头，小草轻轻地摇晃着身躯，鸟儿兴奋地在树之间跳来跳去，多么温暖惬意的场景。

巨人冰冻的心慢慢地溶解了。他意识到了自己的自私，感到非常后悔。于是他出去和孩子们一起玩耍，并推倒了花园外的墙。更多的孩子加入了他们的行列，一整天大家都很快乐，到了傍晚，孩子们才依依不舍地走了。

就这样，很多年过去了，巨人老了，他不再陪孩子们玩了，总是坐在一边看着孩子们嬉闹，他感到很幸福。有一天，巨人看见树上坐着一个孩子，巨人慢慢地走过去，问孩子为什么不下来玩儿，孩子说："谢谢你给这些可爱的孩子们这么美丽的花园，所以，今天，我也要带你去一个美丽的地方。"巨人在那天晚上就死了，他死在了花园里的一棵树下，身上是美丽的花瓣。

巨人一开始的自私，使孩子们都不愿意亲近他。他的世界只有冬天。后来，他摆脱了私心，把花园敞开，让小孩子玩耍。最终他得到的也是温暖的春天和无限的快乐。

智慧感悟

　　每个人都希望自己能获得多一点儿的好处，但是私心、贪心也是有大有小的。如果为了私心而做出损人害人的事，那么生命将会是多么的没有意义。对待任何事情、任何人，都需要摆脱那不必要的私心，善良宽容地和别人相处，这样便会得到他人的喜欢，与此同时，自己也会得到满足和快乐。

给别人生路，就是给自己生路

　　这是一场惨烈的战争，几乎所有的士兵都丧命于敌人的刀剑之下。命运将两个地位悬殊的人推到一起：一个是年轻的指挥官，一个是年老的炊事员。他们在奔逃中相遇，两个人不约而同地选择了相同的路径——沙漠。追兵止于沙漠的边缘，因为他们不相信有人会从那里活着出去。

　　"请带上我吧，丰富的阅历教会了我如何在沙漠中辨认方向，我会对你有用的。"老人哀求道。指挥官下了马，他认为自己已经没有了求生的资格，他望着老人花白的双鬓，心里不禁一颤，由于我的无能，几万个鲜活的生命从这个世界上消失，我有责任保护这最后一个士兵。他扶老人上了战马。

　　到处是金色的沙丘，在这茫茫的沙海中，没有一个标志性的东西，使人很难辨认方向。"跟我走吧。"老人说。指挥官跟在他的后面。灼热的阳光将沙子烤得如炙热的煤炭一样，他们没有水，也没有食物。老人说："把马杀了吧！"年轻人怔了怔，唉，要想活着也只能如此了。

　　"现在，马没了，就请你背我走吧！"年轻人又一怔，心想，你有手有脚，为什么要人背着走，这要求着实有点过分。但连日以来，他都处在深深的自责之中，老人此时要在沙漠中逃生，也完全是因为他的不称职。他此刻唯一的信念就是让老人活下去，以弥补自己的罪过。他们就这样一步一步地前行，大漠上留下了一串深陷且绵延的脚印。

一天，两天……十天。茫茫的沙漠好像无边无际，到处是灼烧的沙砾，满眼是弯曲的线条。白天，年轻人是一匹任劳任怨的骆驼；晚上，他又成了体贴周到的仆从。然而，老人的要求却越来越多，越来越过分。他会将两人每天总共的食物吃掉一大半，会将每天定量的马血喝掉好几口。年轻人从没有怨言，他只希望老人能活着走出沙漠。

他俩越来越虚弱，直到有一天，老人奄奄一息了。"你走吧，别管我了。"老人愤愤地说，"我不行了，你还是自己去逃生吧。"

"不，我已经没有了生的勇气，即使活着我也不会得到别人的宽恕。"

一丝苦笑浮上了老人的面容："说实话，这些天来难道你就没有感到我在刁难、拖累你吗？我真没想到，你的心可以包容下这些难堪的待遇。""我想让你活着，你让我想起了我的父亲。"年轻人痛苦地说。老人此刻解下了身上的一个布包，"拿去吧，里面有水，也有吃的，还有指南针，你朝东再走一天，就可以走出沙漠了，我们在这里的时间实在太长了……"老人闭上了眼睛。年轻人非常诧异，不明白老人为何在生命垂危之际才说出求生的捷径。

此刻年轻人还是坚持要带老人出去，几乎哀求道："你醒醒，我不会丢下你的，我要背你出去。"老人勉强睁开眼睛，"唉，难道你真的认为沙漠这么漫无边际吗？其实，只要走三天，就可以出去，我只是带你走了一个圆圈而已。我亲眼看着我两个儿子死在敌人的刀下，他们的血染红了我眼前的世界，这全是因为你。我曾想与你同归于尽，一起耗死在这无边的沙漠里，然而你却用胸怀融化了我，我已经被你的宽容大度所征服。只有能宽容别人的人，才配受到他人的宽容。"老人永久地闭上了眼睛。

老人因丧子之痛，难以平复心中的怒火，想方设法地刁难这位指挥官。在缺少食物、缺少饮用水的炙热沙漠里，折磨他人、发泄心中怨恨的同时，自己也在承受心理上的煎熬。然而，最终老人还是被指挥官的包容之心所打动，幡然悔悟，并把生的希望留给了年轻的指挥官。

★★★★ 智慧感悟 ★★★★

老人的举动使指挥官深感震惊，仿佛又经历了一场战争，一场人生的战斗。在这场没有硝烟的战争中，他之所以赢的原因竟然来自于自己不经意之间的包容心态。此时他才明白武力征服的只是人的躯体，只有靠包容大度才能赢得人心。具有阳光心态的人往往心怀坦荡，事事包容他人，在与人相处间做到互谅、互让、互敬、互爱。

以包容之心接受批评和建议

20 世纪 80 年代初，美国戏剧家阿瑟·米勒曾经到当时已年逾古稀的戏剧大家曹禺先生家做客。午饭前的休息时分，曹禺突然从书架上拿来一本装帧讲究的册子，上面裱着画家黄永玉写给他的一封信，曹禺逐字逐句地把它念给阿瑟·米勒和在场的朋友们听。这是一封措辞严厉且不讲情面的信，信中这样写道："我不喜欢你后来的戏，一个也不喜欢。你的心不在戏剧里，你失去伟大的灵通宝玉，你为势位所误！命题不巩固、不缜密，演绎分析也不够透彻，过去数不尽的精妙休止符、节拍、冷热快慢的安排，那一箩一筐的隽语都消失了……"

这封信对曹禺的批评，用字不多却相当激烈，还夹杂着明显羞辱的味道。然而，曹禺在念这封信的时候神情激动，仿佛这封信是对他的褒奖和鼓励。

当时，阿瑟·米勒对曹禺的行为感到茫然，其实这正是曹禺的清醒和真诚。尽管他已经是功成名就的戏剧大家，可他并没有像旁人一样过分爱惜自己的荣誉和名声。在这种"不可理喻"的举动中，透露出曹禺已经把这种羞辱演绎成了对艺术缺陷的真切悔悟，那些话对他而言已经是一笔鞭策自己的珍贵馈赠，所以他要当众感谢这一次羞辱。

忠言逆耳利于行。对于别人的意见，心胸狭隘的人可能会把它看成是包袱，而心态宽容的人则把它看作是提高和充实自己的机会。

对于批评，我们还应有一分冷静、一分坦然，不必因为其猛烈、苛刻而终日忧虑不安。

罗伯·赫金斯是个半工半读的大学毕业生，做过作家、伐木工人、家庭教师和卖成衣的售货员。现在，他已被任命为美国著名大学——芝加哥大学的校长。

在他成功以后，一些批评也接踵而至，许多人反对他当校长，并举出理由说：他太年轻了，经验不足，教育观念不成熟，学历不够高……

罗伯·赫金斯和他的家人对这样的批评并不在意，反而更加自信、快乐起来。就在罗伯·赫金斯就任的那一天，有一个朋友对他的父亲说："今天早上我看见报上的社论攻击你的儿子，真把我吓坏了。"

赫金斯父亲的回答似乎更为坦然一些，他说："不错，话是说得很凶。可是请记住，从来没有人会踢一只死了的狗。"

★智慧感悟★

固执己见是一种消极的癖性，心胸开阔地接纳别人的建议，才是应有的态度。前者会导致失败与孤立，后者则是获得成功与友谊的保证。所以我们要虚心地听取别人的意见和建议，这样才能使自己不断进步。

第九章

感悟生活，记录点滴幸福

幸福离你有多远？其实你并不知道，当你还在苦苦寻找它时，幸福已经来到了你的面前。

幸福是什么？幸福就是在饥饿时能够吃上一顿热腾腾的饭；幸福就是在疲惫时能够有一张舒适的床躺一躺；幸福就是获得成功时别人投来的羡慕的目光；幸福就是遇到困难时家人、朋友给予的声声鼓励与支持的臂膀。幸福是心心相印，幸福是互相帮扶，幸福是别人承受重压时的那一双援助的手，幸福是视他人的快乐为自己的快乐。

幸福只是一种感觉，它需要你的悉心呵护。如果你现在感到很幸福，那么就请你好好地珍惜这份幸福。

最宝贵的财富是幸福

镇上的税务稽查人员听说有个老人号称"这儿最富有的人"，便来到他家准备登记缴税。

稽查员让老人说说自己有什么财富。没想到老人说第一项财富是他身体健康；他还有一个贤惠温柔、共同生活了60年的妻子；另外，他还有好几个聪明孝顺的孩子；而且，他本人是个堂堂正正的公民，享有宝贵的公民权。这些就是他所说的财富。除此之外，他没有任何动产与不动产。

稽查员听了他的话，收起登记簿，肃然起敬地说："老人家，确实如您所言，您是我们这个镇上最富有的人。而且，您的财富谁也拿不走，连政府也没办法收您的财产税。"

智慧感悟

幸福是由一系列普通而又细小的宝石所组成的珠串，它们散发出快乐和优美的情趣。幸福是一种积极的心态，是一种内在意识的追求，是一种心灵的满足。一个人若能从日常平凡的生活中寻找到活得更好的理由，就会比别人幸福。

对人热情会带来更多的幸福

天气很热，马克在街边咖啡馆买饮料，这时一个独自坐在咖啡馆的男子过来与他搭话。谈论完炎热的天气，男子对马克说："有时我真想重新度过我的一生，那样我肯定会以一种不同的方式来生活。"

"你是指什么呢？"马克问道。

"每个人都需要别人的帮助，而我从来不相信任何人，到头来，得到的报应是孤身一人。过去每当碰到困难时，我总是借酒消愁，然而，酒并不能解决我的问题，反而带来更多的麻烦。我的家庭破裂了，我只好独自离开。我有20多年没见过家里人了。我现在终于明白了一个道理。"那个人悔恨地叙述着。

马克坐着听这位陌生人讲完，问他这个道理是什么。

那人答道："那就是对人的热爱。它会比世界上任何东西带给你更多的幸福。永远不要忘记这一点。"

★智慧感悟★

每个人都需要与别人交流、与别人沟通，在对别人的热心关爱中，在点点滴滴的生活中体味幸福的感觉。而极端的自我只能让你越来越孤单、越来越寂寞，幸福也会离你越来越远。

幸福其实来过

有一个姑娘去看心理医生。她面容非常憔悴，看了让人不禁心酸。她无穷尽地向医生抱怨着生活的不公，并说从小就知道好运不会光顾自己，而这竟源于一个道士的一句话："这小姑娘面相不好，一辈子没好运的。"

于是，她牢记这句话，不敢接受追求自己的优秀者，而是匆忙嫁给了一个丑陋的酒鬼，并妄想他能对她好。

医生告诉她，是她自己制造了厄运，她曾经有过幸福的机会，却眼睁睁地看着它溜走了，是她自己的不自信引发了灾难。

她迟疑地说："我曾经有过幸福的机会吗?"医生无言。

有些人残酷地拒绝了幸福，还愤愤地抱怨着，认为祥云从未卷过他的天空。

★智慧感悟★

幸福很矜持，相逢的时候，它不会夸张地和我们提前打招呼；离开的时候，也不会为自己说明和申辩。幸福其实来过，拥有它的机会人人都会有，但它需要你用心地、努力地去争取，并及时地把握。

感悟幸福，珍惜拥有

在一次讲座中，大家都盯着讲台上的她。她就是黄美廉，出生时由于医生的疏忽，造成脑部神经受到严重的伤害，以致她的肢体没有平衡感，没有发声讲话的能力，她的成长充满了眼泪。然而，她没有让这些外在的痛苦击溃她内在的奋斗精神，她昂然面对，迎向一切的不可能，终于获得了加州大学艺术博士学位。她用她的手当画笔，以色彩告诉人们"寰宇之力与美"，并且灿烂地"活出生命的色彩"。全场的学生都被她震慑住了。

"请问黄博士，"一个学生问，"你从小就长成这个样子，请问你怎么看你自己？你没有怨恨吗？"众人的心一紧，这个问题太尖锐，真是太不成熟了。

"我怎么看自己？"美廉用粉笔在黑板上重重地写下这几个字。写完这个问题，她停下笔来，歪着头，回头看着发问的同学，然后嫣然一笑，回过头去，在黑板上龙飞凤舞地写了起来：

1. 我好可爱！

2. 我的腿很长很美！

3. 爸爸、妈妈这么爱我！

4. 上帝这么爱我！

5. 我会画画！我会写稿！

6. 我有只可爱的猫！

7. 还有……

教室内鸦雀无声。最后，她在黑板上写下了她的结论："我只看我所拥有的，不看我所没有的。"

教室里响起一片经久不息的掌声。

蓝天、白云，可爱的同学、敬爱的老师，还有健全的身体，我们的生活是多么的美好，可我们总在抱怨。我们把心思放在如何获得自己所没有的东西上，全然看不见生活中的美丽，于是，生活给予我们的只能是失落和痛苦。要得到幸福和快乐，请记住这条规则：我只看我所拥有的，不看我所没有的。

羡慕别人，不如珍惜所有

有两只老虎，一只在笼子里，一只在野地里。

在笼子里的老虎三餐无忧，在外面的老虎自由自在。

笼子里的老虎羡慕外面老虎的自由，外面的老虎却羡慕笼子里的老虎安逸。一天，它们决定交换。

于是，笼子里的老虎走进了大自然，野地里的老虎走进了笼子。从笼子里走出来的老虎高高兴兴，在旷野里拼命地奔跑；走进笼子的老虎也十分快乐，它再也不用为食物而发愁。

但不久，两只老虎都死了。

一只是饥饿而死，另一只是忧郁而死。从笼子中走出来的老虎获得了自由，却没有同时获得捕食的本领；走进笼子的老虎获得了安逸，却没有获得在狭小空间生活的心境。

这个世界多姿多彩，每个人都有属于自己的位置，有自己的生活方式，有自己的幸福，何必去羡慕别人呢？安心享受自己的生活，享受自己的幸福，才是快乐之道。

幸福就是放弃自己的眼泪

一位少妇因对婚姻不满而回家向母亲倾诉。她认为生活总是周而复始、单调乏味，并抱怨和丈夫在一起的时间太多了。

母亲说："你知道吗？我和你父亲从小一直在一起。那时还年轻，也常常为不很顺心的生活而吵架、而抱怨，总觉得生活索然无味。直到后来你的父亲应征入伍，我们就很少能够见面了，即使见面也是你的父亲所在的部队经过家门口时稍稍停留一下，就又走了。那时，我每日期盼的，就是他能早日从战场上凯旋，与他整日厮守。可惜，他在一次战斗中牺牲了，再也没有能够回来，我真羡慕你们能够朝夕相处。"

母亲沧桑的老泪一滴滴落下来，渐渐地，女儿仿佛明白了什么。

智慧感悟

幸福是一个多元化的命题，我们在追求着幸福，幸福也时刻地伴随着我们。只不过，很多时候，我们身处幸福中，看到的总是别人的幸福风景，却没能悉心感受自己所拥有的幸福天地。

珍惜触手可及的幸福

他与她青梅竹马，一起玩耍，上同一所大学，一起吃饭，一起自习。

19岁那年，她成了他的女朋友，感觉很幸福。

21岁，他们分手了，因为他不想一生只爱一个女孩。

25岁，她成了当红的女主播，他也在一家电视台做幕后翻译。这些年，他恋爱了一场又一场，每次结束一段感情，都会想起她。

26岁，她结婚了，只是觉得疲倦，想找个肩膀靠一靠。她事业如日中天，生活却一团糟。

29岁，她离婚了。

31岁，他辗转找到她的电话号码，犹豫很久才打过去。两个人用了10年的青春，绕了很大一圈，又回到了起点。

32岁，他们结婚了。

婚后，他们很幸福。她因为经历过一次失败的婚姻，已懂得如何心疼一个男人，他也对失而复得的这份爱情倍加珍惜。10年的经历，他们终于懂得了这份婚姻对彼此的重要。

★智慧感悟★

许多现实的触手可及的幸福，人们往往轻易就放弃了，而对一些从未尝试过的东西却很向往。转过一个大圈之后你会发现最美、最真、最纯的感情其实就在你身边。

做一个买梦的人

两个小孩在海边玩耍，玩累了就在沙滩上睡着了。

其中一个小孩做了个梦，梦见对面岛上有个大富翁，他的花圃里有一株白茶花，根下埋着一坛黄金。

这个小孩把梦告诉了另一个小孩，并认为这只是个梦。另一个小孩却在心中埋下了逐梦的种子。

他买下了这个梦，历经千辛万苦到达岛上，做了岛上唯一一个富翁的用人。他在富翁家里任劳任怨地工作，将茶树培育得越来越好。终于有一天，他由白茶花的根底挖下去，真的掘出了一坛黄金！

买梦的人回到家乡，成了最富有的人；卖梦的人虽然不停地在做梦，但他从未圆过梦，终究还是个穷光蛋。

★智慧感悟★

没有梦想的人生是枯燥乏味的人生，而那些只会做梦却不去实践的人，无论多么美丽的梦想都不会带来什么结果。有了梦想，立即行动，用行动来实现我们的梦想，才能感受到收获的幸福。

体验生活中美好的东西

晓飞觉得自己不快乐，并将责任全部归咎于她的丈夫、她的前任老板以及她的亲属。但是有一天，一位朋友对她说："晓飞，为什么你不能从自己身上找不快乐的原因呢？坦率地说，我和你在一起，有种压抑的感觉。"

这句话对晓飞触动很大，从那以后，她开始努力使自己快乐起来。她学着观察并感受每天发生在她周围的一切，将思维投向那些积极和快乐的事情，并将烦恼放在一边。她发现，她的生活正在发生着日新月异的变化。

在以后的日子里，每当晓飞谈论她的生活经历时，她总是这样说："在过去的许多年，我从未发现自己只是关注那些令人沮丧和消沉的事情。所幸的是，我有一位很好的朋友提醒了我，是他让我学会将那些糟糕的东西扔进垃圾桶，让我体验到生活中原来有那么多美好的东西。"

智慧感悟

没有人不幸到会遇上所有坏的情况，也没有人幸运到会遇上一切好的情况，那为什么人的心境会有天壤之别呢？其实问题不在身外，而恰恰在人的内心。当体验到了生活中美好的东西时，自然就能找回快乐。

积极快乐，赢得幸福生活

　　女作家玛利·韦伯说："不论你爱好什么都可以，但是，你总得有所爱好。"因为你有所爱好，精神才会有所寄托，心灵才有所附着。她本身所爱好的有两样：一是大自然，一是文学。她那并不宽敞的园圃内，四季开满了可爱的花卉。她每天黎明时分将一些带露水的花朵剪下来，放置在筐里，拿到城中去叫卖，往往在午前才能回到家中，并笑着对她的家人说："我已经完成了一件美的工作！"

　　然后，她走到书桌边，铺开纸，拿起笔。才写了几行，看看天已将近中午，她又匆匆地赶到厨房，将做好的饼放在火上烘烤着。随即，擦擦手上的面粉，又拿起她的笔来。饼即使烤焦了，她体贴的丈夫也会觉得好吃，因为他深深地了解他的妻子，知道她爱自然、爱文学，同时，更爱他。为了她这种种的"爱"，做丈夫的便原谅了她——这个可爱的妻子兼愚笨的厨娘。

智慧感悟

　　当你的精神有所寄托，即使在艰苦的环境下，也能体会到生活的快乐。时刻都有一份美好的心境，做任何事情都像完成了一件美丽的工作，向生活露出甜美的微笑，就能够精神愉悦，赢得幸福生活。

第十章

尊重他人，每个生命都不卑微

> 　　每个人都有自尊心，无论他的身份有多卑微。有些人自视甚高，他们觉得自己很重要，却忘了别人也需要这种感觉。他们在不经意间流露出对别人的轻视，于是被大家疏远。只有真诚地尊重他人、理解他人，你才会受到他们的欢迎。

不要吝啬你的鼓励

有这样一个关于鼓励的故事：

一个驯兽师在训练鲸鱼的跳高，在开始的时候他先把绳子放在水面下，使鲸鱼不得不从绳子上方通过，鲸鱼每次经过绳子上方就会得到奖励，它们会得到鱼吃，会有人拍拍它并和它玩儿，训练师以此对这只鲸鱼表示鼓励。当鲸鱼从绳子上方通过的次数逐渐多于从下方经过的次数时，训练师就会把绳子提高，只不过提高的速度会很慢，不至于让鲸鱼因为过多的失败而沮丧。训练师慢慢地把绳子提高，一次一次地鼓励，鲸鱼也一步一步地跳得比前一次高。最后鲸鱼跳过了世界纪录。

无疑是鼓励的力量让这只鲸鱼跃过了这一载入《吉尼斯世界纪录》的高度。对一只鲸鱼如此，对于聪明的人类来说更是这样，鼓励、赞赏和肯定，会使一个人的潜能得到最大限度的发挥。

可事实上，更多的人却是与训练师相反，起初就定出相当的高度，一旦达不到目标，就大声批评。

观众的掌声对一个赛场上的球队有没有好处？答案是肯定的。每个球队都知道，赛场上天时、地利、人和都是非常重要的。观众鼓励球队的热情是支持球队打胜仗最重要的力量之一。

每个球队都承认，球迷的打气使他们感觉自己受到了尊重，情绪激动，斗志昂扬。

同样的道理，在日常生活中，鼓励也是很重要的一个因素，而且也是很有用的。在家庭里，夫妻应该彼此鼓励，父母与子女应该彼此鼓励；在工作上，老板和员工更是应该彼此鼓励；在生活中，朋友之间也应彼此鼓励。

亨利·汉克，是印第安那州洛威市一家卡车经销商的服务经理，他公司有一个工人，工作越来越差。但亨利·汉克没有对他吼叫，而是把他叫到办公室里来，跟他进行了坦诚的交谈。

他说："希尔，你是个很棒的技工。你在这里工作也有好几年了，你修的车子也很令顾客满意。有很多人都称赞你的技术好。可是最近，你完成一件工作所需的时间却加长了，而且质量也比不上你以前的水平。也许我们可以一起来想个办法解决这个问题。"

希尔回答说他并不知道他没有尽他的职责，并且向他的上司保证，他以后一定改进。

他也确实那样做了。

★★★★★★★★★★
★智慧感悟★
★★★★★★★★★★

不要吝啬你的鼓励！有的时候，你的一句鼓励可能会让对方终生受益。给同学一点儿鼓励，在他考试没考好的时候，送上一句"下次努力，你的成绩肯定会很好的"；在朋友遇到困难时，送上一句"你平时那么棒，这些困难算什么"，多给大家鼓励。一句鼓励的话，相信会给失意的人很大帮助。

歌德的失误

德国著名诗人歌德曾经做过这样一件事，为了消遣，他经常到离家不远的公园中散步、骑马，他发现公园中有一些橡树常常被一些粗心的吸烟者引起的火烧掉，这使歌德很痛心。公园边上虽然有一块布告牌上面写道："凡引火者罚款。"但是很少有人注意。

有一次，歌德发现一场火正在公园中蔓延着，于是他跑到一个正在附近站岗的警察那儿告诉警察公园中起火了，但是警察并没有理他。

这时，他想到了那些在公园里玩儿火的儿童，"为何不利用儿童来解决这件事？"于是，歌德跑到那群孩子面前，用威严的口气命令他们将火扑灭，并声称，如果他们拒绝，就将他们交给警察。

结果，那群儿童怀着一种反感的情绪遵从了。但是在他走以后，他们又重新生火了，并恨不得烧尽橡树。事后，歌德渐渐体会到他没有根据孩子的心态来考虑问题，如果当时能够不那么严厉地对待孩子，而是和颜悦色地说明道理，那么结果会不一样的，那些橡树也会避免被烧掉。歌德的失误在于没有从孩子的角度去考虑，孩子也有他们的自尊，歌德粗暴简单的态度伤害了他们的自尊心。

中国伟大的思想家孔子说过："己所不欲，勿施于人。"当我们面对某一问题的时候，如果只是从自己的角度去考虑，而不顾他人的话，往往会失之偏颇，甚至会伤害他人的利益。如果我们凡事都能设身处地地为别人想一想，原本解决不了的问题很可能会迎刃而解。

理解别人，并能够从别人的立场设身处地地去为别人着想，重视不同个体之间的差异，这样做的人才能真正做到虚怀若谷，避免由于偏颇造成失败。

★智慧感悟★

如果能够站在别人的立场上考虑，充分尊重彼此之间的差异，学会替别人考虑，这样做事就会取得事半功倍的效果。

懂得尊重他人

不懂得尊重别人，你同他人就无法沟通合作，因为你已经失去与他人沟通合作的基础。人人都有自尊心，你尊重别人，别人才会尊重你。

一天，一位40多岁的中年女人领着一个小男孩，走进美国著名企业巨象集团总部大厦楼下的花园，并在一张长椅上坐下来。她不停地在跟男孩说着什么，似乎很生气的样子，不远处有一位头发花白的老人正在修剪灌木。

忽然，中年女人从随身挎包里揪出一团白花花的卫生纸，一甩手将它抛到老人刚剪过的灌木上。老人诧异地转过头朝中年女人看了一眼。中年女人也满不在乎地看着他。老人什么话也没有说，走过去拿起那团纸扔进一旁装垃圾的筐子里。

过了一会儿，中年女人又揪出一团卫生纸扔了过来。老人再次走过去把那团纸拾起来扔到筐子里，然后回原处继续工作。可是，老人刚拿起剪刀，第三团卫生纸又落在了他眼前的灌木上……就这样，老人一连捡了那中年女人扔的六七个纸团，但他始终没有因此露出不满和厌烦的神色。

"你看见了吧！"中年女人指了指修剪灌木的老人对男孩说，"我希望你明白，如果你现在不好好上学，将来就跟他一样没出息，只能做这些卑微低贱的工作！"

老人放下剪刀走过来，对中年女人说："夫人，这里是集团的私家花园，按规定只有集团员工才能进来。"

"那当然，我是巨象集团所属一家公司的部门经理，就在这座大厦里工作！"中年女人高傲地说着，同时掏出一张证件朝老人晃了晃。

"我能借你的手机用一下吗?"老人沉吟了一下说。

中年女人极不情愿地把手机递给老人,同时又不失时机地开导儿子:"你看这些穷人,这么大年纪了连手机也买不起。你今后一定要努力啊!"

老人打完电话后把手机还给了这位妇人。很快一名男子匆匆走过来,恭恭敬敬地站在老人面前。

老人对那个男子说:"我现在提议免去这位女士在巨象集团的职务!"

"是,我立刻按您的指示去办!"那个男子连声应道。

老人吩咐完后径直朝小男孩走去,他用手抚了抚男孩的头,意味深长地说:"我希望你明白,在这世界上最重要的是,要学会尊重每一个人……"说完,老人撇下三人缓缓而去。

中年女人被眼前骤然发生的事情惊呆了,她认识那个男子,他是巨象集团主管任免各级员工的一个高级职员。"你……你怎么会对这个老园丁那么尊敬呢?"她大惑不解地问。

"你说什么?老园丁?他是集团总裁詹姆斯先生!"

"啊,他是总裁?"

中年女人一下子瘫坐在长椅上。

学会尊重每一个人,无论这个人的身份和工作是多么卑微,我们都应尊重他,这是我们应该具备的良好品质。要知道,尊重没有高低贵贱之分,而且尊重别人就是在尊重自己。

★智慧感悟★

尊重人是有修养的表现。一个没有修养的人才到处侮辱和伤害别人。人是注重尊严的,你伤害了别人的尊严,换来的就是他人的愤恨。尊重的关键就是把他人放在与我们自己平等的重要位置上,切实考虑对方的需求和感受,而不要自命不凡、盛气凌人。

体谅的力量

美国经济大萧条时期，18 岁的姑娘安娜好不容易才找到一份在一家高级珠宝店当售货员的工作。在圣诞节的前一天，店里来了一位 30 岁左右的男顾客。他虽然穿着整齐干净，看上去很有修养，但很明显，这也是一个遭受失业打击的不幸的人。

此时，店里只有安娜一个人，其他几个职员刚刚出去。

安娜向他打招呼时，男子不自然地笑了一下，目光从安娜的脸上慌忙躲闪开，仿佛在说："你不用理我，我只是看看。"

这时，电话铃响了。安娜去接电话，一不小心，将摆在柜台上的盘子弄翻了，盘子里装着的 6 枚精美绝伦的金戒指掉在了地上。姑娘慌忙去捡。可她捡回了 5 枚以后，却怎么也找不到第 6 枚戒指。当她抬起头时，看到那位男子正向门口走去，顿时，她明白了那第 6 枚戒指在哪里。

当男子的手将要触到门框时，安娜柔声地叫道："对不起，先生。"

那男子转过身来，两个人相视无言，足足有 1 分钟。

安娜的心在狂跳，他要是来粗的怎么办？他会不会……

"什么事？"他终于开口说道。

安娜极力压住心跳，鼓足勇气说道："先生，这是我头回工作，现在找个事做真不容易，是不是？"

男子长久地审视着她，良久，一丝微笑从他脸上浮现出来。安娜终于平静下来，她也微笑着看着他，两人就像老朋友见面似的那样亲切自然。

"是的，的确如此。"他回答，"但是我能肯定，你在这里会干得不错。"

停了一下，他向她走去，并把手伸给她："我可以为你祝福吗？"

紧紧地握完手后，他转身缓缓地走向门口。

安娜握着手心里的第 6 枚戒指，望着男子的背影，感激的泪水在眼里打转。

安娜是个聪慧的姑娘，多一份体谅的心就能够融化人心中的坚冰，使人为之动容。

给人一点儿尊重，它将带给人面对人生的希望，去获取人生旅途中的下一个幸福。

★☆★☆★☆★☆★☆★
智 慧 感 悟

生活中，每一个有缺点的人都有他值得人同情和原谅的地方。一个人的过错，常常并不只是他一个人所造成的，对这些人多一分体谅吧，让他们感受到温暖，他们也会把温暖回馈给他人。

把"请"字挂嘴边

史蒂是一个不懂礼貌的孩子，他几乎不知道说"请"。"给我一点儿面包！我要喝水！把那本书给我！"他要东西时总是这样说。他的父母为此感到非常难过。而那个可怜的"请"呢，就只好日复一日地坐在史蒂的上颌，希望有机会到外面一趟，它的身体因此日渐憔悴。

史蒂有个哥哥叫尼克，尼克非常懂礼貌。生活在他嘴中的"请"经常能呼吸到新鲜空气，身体健壮，心情愉快。

一天吃早饭时，史蒂的"请"觉得自己必须呼吸一下新鲜空气，于是它从史蒂的嘴中跑了出来，长长地呼了一口气，然后爬到桌子对面，跳到尼克的口中！

住在那里的"请"看到陌生的客人，随即问到它从哪里来。

史蒂的"请"回答说："我住在那位弟弟的口中。但是，哎呀，他从不用我，我从未呼吸过新鲜空气！我刚才想，你也许愿意让我在这里待上一两天，让我重新变得健壮起来。"

"噢，当然可以，"另一个"请"热情地说道，"我了解你的心情。你可以待在这里，没有问题。当我的主人需要我的时候，我们两个可以一起出去。他是个和蔼可亲的人。我相信说两次'请'，他是不会在意的。你想在这里待多长时间就待多长时间吧！"

那天中午吃饭时，尼克想要黄油，他这样说道："父亲，请——请把黄油递给我，好吗？"

"当然可以，"父亲说，"你为什么这样客气？"

尼克没有回答。他转向母亲，说道："母亲，请——请你给我拿一块松饼，好吗？"

母亲听了这话，禁不住大笑起来，说："亲爱的，给你。你为何要说两次'请'？"

"我不知道，"尼克回答道，"不知为何，这些字好像是自己跳出来的。史蒂，请——请给我倒点水！"这次，尼克几乎吓了一跳。

"好了，好了，"父亲说道，"这没有什么不好的。在这个世界上像这样客气的人并不多。"

而与此同时，小史蒂表现得非常粗鲁，他一直大喊大叫："给我一个鸡蛋！我要喝牛奶！把勺子给我！"

但是现在他停下来，听他哥哥说话。他想，像哥哥那样说话很有趣，于是他开始说："母亲，嗯，嗯，把一块松饼递给我，好吗？"

他想说"请"，但是他怎么也说不出口。他根本没想到自己口中的"请"现在正待在尼克的嘴中。于是他又试了一次，想要黄油。"母亲，嗯，嗯，把黄油给我，好吗？"他能说出口的只有这些。

这种情况持续了一整天，所有人都不知道他们兄弟两个出了什么问题。夜幕降临后，他们两个都累坏了，而且史蒂变得非常急躁。母亲只好让他们两个早早入睡。

第二天早晨，他们刚一坐下吃早饭，史蒂的"请"就跑回了家。昨天，他呼吸了许多新鲜空气，现在感觉非常好。他刚回到史蒂的口中，就得到了一次呼吸的机会。因为史蒂说道："父亲，请您给我切一块橙子，好吗？"哎呀！这个字非常容易地就说出了口！听起来和尼克说的一样好听，而尼克今天早晨也只说一个"请"字了。从那以后，小史蒂变得和哥哥一样懂礼貌了。

生活在今天的人们，似乎越来越难听到这些和蔼可亲的礼貌用语了。其实，在上车买票时说个"请"，去餐厅用餐时道个"谢"，彼此照面也互致问候一下，一切都会变得理所应当，人与人之间就会多一份融洽，世间就洋溢着温暖和顺的气息。生活因为一个"请"字，将变得更加美好。

★智慧感悟★

生活中，一个小小的"请"字就能体现出一个人的真挚和诚意，使他人感到温暖。人与人之间渴望沟通和交流，而这些细小的方面是最能体现出你的那一份心意的，同时也是对个人形象、风度的一个最佳传播。

尊重，可以抚慰受伤的心灵

玛莉由于长了肿瘤，必须接受化疗。出院后，她那一头美丽的金发，差不多都快掉光了。她虽然有和病魔斗争的勇气，却为自己不得不戴着帽子上课而感到自卑。

老师非常理解小玛莉的痛苦。在玛莉返校上课前，她热情而郑重地在班上宣布："从下星期一开始，我们要学习认识各种各样的帽子。

所有的同学都要戴着自己最喜欢的帽子到学校来，越新奇越好。"

星期一到了，离开学校 3 个月的玛莉第一次回到她所熟悉的教室。但是，她站在教室门口却迟迟没有进去，她担心，她犹豫，因为她戴了一顶帽子。

然而，使她感到意外的是，她的每一个同学都戴着帽子，和他们五花八门的帽子比起来，她的那顶帽子显得那样普通，几乎没有引起任何人的注意。一下子，她觉得自己和别人没有什么两样了，她轻松地笑了，笑得那样甜、笑得那样美。

★智慧感悟★

尊重也是一种爱。如果没有对被爱者的尊重和认识，就会造成对被爱者的伤害。有爱心的人，必定也是懂得尊重和体谅他人的人，同时也必定会得到他人的关怀与尊重。

萧伯纳与小女孩

有一次，英国著名戏剧家萧伯纳访问苏联时，遇到一位十分可爱的小女孩。萧伯纳很喜欢这个小姑娘，竟同她在一起玩儿了许久。临分别时，萧伯纳对小女孩说："回去别忘了告诉你爸爸妈妈，就说今天你同世界名人萧伯纳先生在一起玩儿了！"说完，萧伯纳以为小姑娘一定会为自己能与一位世界名人在一起玩儿而惊喜万分。

"您真是萧伯纳伯伯吗？"

"怎么啦，难道我不像？"

"可是，我想不到您竟然会这么骄傲。您回去后，也请转告您的爸爸妈妈，就说今天和你一起玩儿的是一位苏联小女孩。"

小女孩的话，让萧伯纳不觉为之一震。他马上意识到刚才自己太自以为是了，一时不知该说什么好。

"一个人，无论取得怎样巨大的成就，都没有理由自夸。对任何人，都应平等相待，永远保持谦虚。"事后，萧伯纳感慨地说，"这就是那位苏联小姑娘给我的教育。她也是我的老师，我一生都不会忘了她！"

★★★★ 智慧感悟 ★★★★

"渺小"这个词永远不会用在有自尊的人身上，反之，越懂得珍惜它的人，就越显得高贵而优雅，这是最令人难以抗拒的魅力。

埃迪送给老师的圣诞礼物

埃迪无疑是全班同学中对学习最不感兴趣的人了。他总是穿着脏兮兮、皱巴巴的衣服，脏乱的头发从来也不梳理，一张脸毫无表情，两只眼睛呆滞无光，而且眼神总也不集中，上课总是分神。每次当他的老师汤普森小姐和他说话时，他总是用最简单的两个词"是"，或者"不是"来冷冷地作答。性格孤僻、不求上进的埃迪，是个不讨人喜欢的小男孩。

虽然，老师们常说他们对待自己的每一个学生都是一视同仁的，都给予了相同的爱。但是，就连汤普森小姐也觉得埃迪是一个不讨人喜欢的小男孩，而对他缺少关心。

圣诞节的时候，汤普森小姐收到了埃迪的礼物，那是用褐色的包装纸和印着苏格兰纹的带子包起来的盒子，纸上写着："送给汤普森小姐。"

当汤普森小姐打开埃迪礼物的时候，从中掉出两样东西：一对普通的手镯，而且一只已经有了裂纹；另外一件是一瓶廉价的香水。

其他的同学见状，不禁叽叽喳喳地纷纷议论起来，他们都嘲笑埃迪。但是，汤普森小姐马上戴上这对手镯，并洒了一些香水在她的手腕上。然后，她伸出手臂让她的学生们闻了闻，并问："怎么样呀？这香水闻起来是不是很香？"刚才的嘲笑声没有了。这时汤普森小姐注意到，埃迪脸上流露出难得一见的微笑。

那天放学以后大家都走了，只剩下埃迪。他缓慢地走到汤普森小姐的讲台旁，轻声地说："汤普森小姐……我妈妈的手镯戴在您的手上真是很漂亮。我很高兴您能喜欢我送的礼物。"

看着埃迪渐行渐远的小小的背影，汤普森小姐感到眼眶突然湿润了，她为自己对埃迪的做法感到非常内疚。

第二天清晨，当学生们来到学校时，他们惊奇地发现，迎接他们的是一个新老师，汤普森小姐简直就像是换了一个人，像是一个对那些爱她的而且依靠她生活的孩子们恪尽职守、奉献爱心的天使！她帮助所有的孩子，特别是那些愚钝的学生，尤其是埃迪。

终于，在那一学年结束的时候，埃迪取得了激动人心的进步，他赶上了大多数的同学，甚至还超过了一些人。

"没有教不好的学生，只有不会教的老师。"汤普森小姐时常想起这句话。

★智慧感悟★

每个人在内心深处都希望自己获得他人的肯定，成为他人心目中的重要人物。如果对方感觉到他在你心目中很重要，他一定会对你产生好感，也会努力地想要维护并加深这种印象。

乞丐的自尊

　　造物主常把高贵的灵魂赋予貌似不起眼的肉体，就如在生活中，最贵重的东西往往藏于不起眼的地方。请记住一位哲人的箴言：每个人都从不卑微。

　　只有你承认，否则，没有人能够贬低你。轻者自轻，自己的价值最需要的是自己的肯定，不论发生什么情况，你永远都是上苍赐予人世的一块珍宝。

　　有位富翁十分有钱，但却得不到旁人的尊重，他为此苦恼不已，每日寻思如何才能得到众人的敬仰。

　　某天在街上散步时，他看到街边一个衣衫褴褛的乞丐，心想机会来了，便在乞丐的破碗中丢下一枚亮晶晶的金币。谁知乞丐头也不抬地仍是忙着捉虱子，富翁不由得生气了："你眼睛瞎了？没看到我给你的是金币吗？"

　　乞丐仍是不看他一眼，答道："给不给是你的事，不高兴可以要回去。"

　　富翁大怒，意气用事起来，又丢了10个金币在乞丐的碗中，心想他这次一定会趴着向自己道谢，却不料乞丐仍是不理不睬。

　　富翁几乎要跳了起来："我给你10个金币，你看清楚，我是有钱人，好歹你也尊重我一下，道个谢你都不会。"

　　乞丐懒洋洋地回答："有钱是你的事，尊不尊重你则是我的事，这是强求不来的。"

　　富翁急了："那么，我将我的财产的一半送给你，能不能请你尊重我呢？"

　　乞丐翻着一双白眼看他："给我一半财产，那我不是和你一样有钱了吗？为什么要我尊重你？"

富翁更急起来，说道："好，我将所有的财产都给你，这下你可愿意尊重我了？"

乞丐大笑："你将财产都给我，那你就成了乞丐，而我成了富翁，我凭什么来尊重你？"

金钱与尊严并不能画上等号，金钱买不来尊重，即使是乞讨的人也有自尊，生命是平等的，许多时候尊严是被我们人为地定义在某一层面上，要知道，凡是生命都需要尊重。

那位富翁若能明白这一点，也就不会这么痛苦了。尊重，是发自内心真诚的情感。

★智慧感悟★

生命不因贫穷而失去尊严，尊重他人的人是源于自身内心深处的自尊，有时，源自心灵的一种沟通，胜过某些形式上的资助。

鞋匠的儿子

人有许多高尚的品格，但有一种高尚的品格是人生的顶峰，这就是一个人的自尊心。

第16届美国总统亚伯拉罕·林肯出身于一个鞋匠家庭，而当时的美国社会非常看重门第。

林肯竞选总统前夕，在参议院演说时，遭到了一个参议员的羞辱。那位参议员说："林肯先生，在你开始演讲之前，我希望你记住你是一个鞋匠的儿子。"

"我非常感谢你使我想起我的父亲，他已经过世了，我一定会永远记住你的忠告，我知道我做总统无法像我父亲做鞋匠做得那么好。"

参议院顿时陷入一片沉默里，林肯转头对那个傲慢的参议员说："据我所知，我的父亲以前也为你的家人做过鞋子，如果你的鞋子不合脚，我可以帮你改正它。虽然我不是伟大的鞋匠，但我从小就跟随父亲学到了做鞋子的技术。"

然后，他又对所有的参议员说："对参议院的任何人都一样，如果你们穿的那双鞋是我父亲做的，而它们需要修理或改善，我一定尽可能帮忙。但是有一件事是可以肯定的，我无法像他那么伟大，他的手艺是无人能比的。"说到这里，林肯流下了眼泪。这时，所有的嘲笑都化成了真诚的掌声。后来，林肯如愿以偿地当上了美国总统。

★智慧感悟★

高贵的出身并不能代表高贵的品性，卑微的门第也不能说明生命的卑贱。真正令人高雅而伟大的是宽容的心、博大的爱和对自我的尊重。一个人要有自尊才会有不懈的追求，才会有感恩的心，才会在世俗的嘲笑与不屑中获得奋斗的激情。